Paulo Coelho
Veronika decide morir

Paulo Coelho

Veronika decide morir

PLANETA

Traducción de Montserrat Mira

Título original: *Veronika decide morrer*
publicado por Editora Objetiva Ltda., Río de Janeiro, 1998
Quinta edición: julio de 1999
© 1998, Paulo Coelho
http://www.paulocoelho.com

Publicado de acuerdo con Sant Jordi Asociados Barcelona
(España)

Derechos exclusivos de edición en castellano
reservados para Argentina y Uruguay;
© 1999, Editorial Planeta Argentina S.A.I.C.
Independencia 1668, 1100 Buenos Aires (Argentina)
Grupo Editorial Planeta

ISBN 950-742- 638-8
Hecho el depósito que prevé la ley 11.723
Impreso en la Argentina

Oh, María concebida sin pecado,
rogad por nosotros, que recurrimos a Vos.
Amén.

«He aquí que os dí el poder
de pisar serpientes...
y nada podrá causaros daño.»
LUCAS, 10: 19

*Para S.T. de L. que comenzó
a ayudarme sin que yo lo supiera.*

El día 11 de noviembre de 1997, Veronika decidió que había llegado, por fin, el momento de matarse. Limpió cuidadosamente su cuarto alquilado en un convento de monjas, apagó la calefacción, se cepilló los dientes y se acostó.

De la mesita de noche sacó las cuatro cajas de pastillas para dormir. En vez de juntarlas y diluirías en agua, resolvió tomarlas una por una, ya que existe gran distancia entre la intención y el acto y ella quería estar libre para arrepentirse a mitad de camino. Sin embargo, a cada comprimido que tragaba se sentía más convencida; al cabo de cinco minutos las cajas estaban vacías.

Como no sabía exactamente cuánto tiempo iba a tardar en perder la conciencia, había dejado encima de la cama una revista francesa, *Homme*, edición de aquel mes, recién llegada a la biblioteca donde trabajaba. Aún cuando no tuviese ningún interés especial por la informática, al hojear la revista había descubierto un artículo sobre un juego de computador (CD-Rom, le llamaban) creado por Paulo Coelho, un escritor brasileño que había tenido la oportunidad de conocer en una conferencia en el café del hotel Gran Unión. Ambos habían intercambiado algunas palabras, y ella había terminado siendo convidada por su editor a una cena que se celebraba esa noche. Pero el grupo era grande, y no hubo posibilidad de profundizar ningún tema.

El hecho de haber conocido al autor, sin embargo, la llevaba a pensar que él formaba parte de su mundo, y leer algo sobre su trabajo podía ayudarla a pasar el tiempo. Mientras esperaba la muerte, Veronika comenzó a leer sobre informática, un tema que no le interesaba en absoluto, y esto armonizaba con todo lo que había hecho la vida entera, siempre buscando lo más fácil, o al alcance de la mano. Como aquella revista, por ejemplo.

Para su sorpresa, no obstante, la primera línea del texto la sacó de su pasividad natural (los somníferos aún no se habían disuelto en el estómago, pero Veronika ya era pasiva por naturaleza) e hizo que, por primera vez en su vida, considerase como verdadera una frase que estaba muy de moda entre sus amigos: «nada en este mundo sucede por casualidad».

¿Por qué aquella primera línea, justamente en un momento en que había comenzado a morir? ¿Cuál era el mensaje oculto que tenía ante sus ojos, si es que existen mensajes ocultos en vez de casualidades?

Debajo de una ilustración del tal juego de ordenador, el periodista comenzaba su escrito preguntando:

«¿Dónde está Eslovenia?»

«Nadie sabe dónde está Eslovenia» pensó. «Ni eso.»

Pero aún así Eslovenia existía, y estaba allí afuera, allí adentro, en las montañas que la rodeaban y en la plaza delante de sus ojos: Eslovenia era su país.

Apartó la revista a un lado, no le interesaba ahora indignarse con un mundo que ignoraba por completo la existencia de los eslovenos; el honor de su nación ya no le inspiraba respeto. Había llegado la hora de tener orgullo de sí misma, de saber que había sido capaz, que finalmente había tenido valor y estaba dejando esta vida: ¡qué alegría! Y estaba haciendo eso tal como siempre lo había soñado: mediante comprimidos, que no dejan marcas.

Veronika había estado buscándolos durante casi seis

meses. Pensando que nunca lograría conseguirlos, había llegado a pensar en la posibilidad de cortarse las venas, a pesar de saber que terminaría llenando el cuarto de sangre, dejando a las monjas confusas y preocupadas. Un suicidio exige que las personas piensen primero en sí mismas, y después en los demás. Estaba dispuesta a hacer todo lo posible para que su muerte no causara mucho trastorno, pero si cortarse las venas era la única posibilidad, entonces, lo siento, que las hermanas limpiaran el cuarto y se olvidaran pronto del asunto, o si no tendrían dificultades para alquilarlo de nuevo; al fin y al cabo, incluso a fines del siglo XX, las personas aún creían en fantasmas.

Es verdad que ella también podía tirarse desde uno de los pocos edificios altos de Ljubljana pero ¿y el sufrimiento extra que tal actitud terminaría causando a sus padres? Además del impacto de descubrir que la hija había muerto, estarían obligados a identificar un cuerpo desfigurado: no, ésta era una solución peor que la de sangrar hasta morir, pues dejaría marcas indelebles en personas que sólo querían su bien.

«A la muerte de la hija terminarán acostumbrándose. Pero un cráneo reventado debe de ser imposible de olvidar.»

Tiros, lanzamiento al vacío, ahorcamiento, nada de eso combinaba con su naturaleza femenina. Las mujeres, cuando se matan, eligen medios mucho más románticos, como cortarse las venas o tomar una dosis excesiva de pastillas para dormir. Las princesas abandonadas y las actrices de Hollywood habían dado diversos ejemplos a este respecto.

Veronika sabía que la vida era una cuestión de esperar siempre la hora adecuada para actuar. Y así fue: dos amigos suyos, compadecidos por sus quejas de que no

podía dormir habían conseguido —cada uno— dos cajas
de una droga poderosa que era utilizada por los músicos
de un club nocturno local. Veronika había dejado las
cuatro cajas en su mesita de noche durante una semana,
flirteando con la muerte que se aproximaba y
despidiéndose, sin ningún sentimentalismo de aquello a
lo que llamaban Vida.

Ahora estaba allí, contenta por haber ido hasta el
fi-nal, y aburrida porque no sabía qué hacer con el poco
tiempo que le restaba.

Volvió a pensar en el absurdo que acababa de leer:
¿cómo un artículo sobre un ordenador puede comenzar
con una frase tan idiota: «¿Dónde está Eslovenia?»

Como no encontró nada más interesante para
preocuparse, decidió leer el artículo hasta el final, y
descubrió la causa: el tal juego había sido producido en
Eslovenia —ese extraño país que nadie parecía saber
donde estaba, excepto quienes vivían en él— por causa
de la mano de obra más barata. Unos meses atrás, al
lanzarlo al mercado, la productora francesa había dado
una fiesta para periodistas de todo el mundo, en un
castillo en Bled.

Veronika recordó haber escuchado algo en relación
con esa fiesta, que había sido un acontecimiento especial
en la ciudad, no sólo por el hecho de haberse redecorado
el castillo para acercarse al máximo al ambiente medieval
del CD-Rom, sino también por la polémica que le siguió
en la prensa local: había periodistas alemanes, franceses,
ingleses, italianos, españoles... pero ningún esloveno
había sido convidado.

El articulista de *Homme* —que había venido a
Eslovenia por primera vez, seguramente con todo pagado
y decidido a pasar su tiempo cortejando a otros

Veronika decide morir
periodistas, diciendo co█
comiendo y bebiendo█
decidido empezar su a█
debía de agradar much█
de su país. Incluso de█
de redacción algunas h█
locales, o sobre la m█
las mujeres eslovena█

Problema de él. █
preocupaciones de█
vida después de la mue█
cuerpo. Aún así —o tal vez, justam█
eso, de la importante decisión que había tomado—
artículo la estaba molestando.

12

daría ninguna explica█
de su muerte. █
Cuando enco█
mató porque u█
Se rió ante l█
con gente █
causa n█
sobre█
mo█

Miró por la ventana del convento que daba hacia la
pequeña plaza de Ljubljana. «Si no saben donde está
Eslovenia, Ljubljana debe de ser un mito», pensó. Como
la Atlántida, o Lemuria, o los continentes perdidos que
pueblan la imaginación de los hombres. Nadie empezaría
un artículo, en ningún lugar del mundo, preguntando
dónde estaba el monte Everest, aun cuando nunca hubi█
estado allí. Y sin embargo, en plena Europa, un periodista
de una revista importante no se avergonzaba de hacer
una pregunta de esa clase, porque sabia que la mayor
parte de sus lectores desconocía dónde estaba Eslovenia.
Y más aún Ljubljana, su capital.

Fue entonces que Veronika descubrió una manera de
pasar el tiempo —ya que habían transcurrido diez
minutos y aún no notaba ninguna diferencia en su
organismo. El último acto de su vida iba a ser una carta
para aquella revista, explicando que Eslovenia era una
de las cinco repúblicas resultantes de la división de la
antigua Yugoslavia.

Dejaría la carta con su nota de suicidio. De paso, no

...ción sobre los verdaderos motivos

...ntraran su cuerpo, concluirían que se
...na revista no sabía donde estaba su país.
...a idea de ver una polémica en los diarios,
... a favor y en contra de su suicidio en honor a la
...cional. Y se quedó impresionada al reflexionar
...la rapidez con que había cambiado de idea, ya que
...mentos antes pensaba exactamente lo opuesto: que el
...undo y los problemas geográficos ya no le importaban
nada.

Escribió la carta. El momento de buen humor hizo
que tuviera otros pensamientos respecto a la necesidad
de morir, pero ya se había tomado las pastillas y era
demasiado tarde para retroceder.

De cualquier manera, ya había tenido momentos de
buen humor como ése, y no se estaba matando porque
fuera una mujer triste y amargada, viviendo en constante
depresión. Había pasado muchas tardes de su vida
caminando, alegre, por las calles de Ljubljana o mirando,
desde la ventana de su cuarto en el convento, la nieve
que caía en la pequeña plaza con la estatua del poeta.
Cierta vez se había quedado casi un mes flotando en las
nubes porque un hombre desconocido, en el centro de
aquella misma plaza, le había dado una flor.

Se consideraba una persona perfectamente normal.
Su decisión de morir se debía a dos razones muy simples,
y estaba segura de que si dejaba una nota explicándola,
mucha gente la comprendería.

La primera razón: todo en su vida era igual y, una
vez pasada la juventud, vendría la decadencia, la vejez
que comenzaría a dejar marcas irreversibles, llegarían
las enfermedades y partirían los amigos. En fin, continuar
viviendo no añadía nada, al contrario: las posibilidades

de sufrimiento aumentaban mucho.

La segunda razón era más filosófica: Veronika leía diarios, veía televisión, estaba informada de lo que pasaba en el mundo. Todo estaba mal, y ella no tenía forma de arreglar aquella situación, lo que le daba una sensación de inutilidad total.

Dentro de poco, sin embargo, tendría la última experiencia de su vida, y ésta prometía ser muy diferente: la muerte. Escribió la carta para la revista, dejó el asunto a un lado, y se concentró en cosas más importantes y más propias de lo que estaba viviendo —o muriendo— en aquel minuto.

Procuró imaginar cómo sería morir, pero no consiguió llegar a ningún resultado.

De cualquier manera, no tenía que preocuparse por eso, pues lo sabría en pocos minutos.

¿Cuántos minutos?

No tenía idea. Pero le encantaba pensar que iba a conocer la respuesta a lo que todos se preguntaban:

¿Dios existe?

Al contrario de mucha gente, ésta no había sido la gran discusión interior de su vida. En el antiguo régimen comunista, la educación oficial decía que la vida acababa con la muerte, y ella terminó acostumbrándose a la idea. Por otro lado, la generación de sus padres y de sus abuelos aún asistía a la iglesia, hacía oraciones y peregrinaciones y estaba absolutamente convencida de que Dios prestaba atención a todo lo que le decían.

A los veinticuatro años, después de haber vivido todo lo que le había sido permitido vivir —y hay que reconocer que no fue poco— Veronika tenía la casi certeza de que todo acababa con la muerte. Por eso había escogido el suicidio: la libertad, por fin. El olvido para siempre.

En el fondo de su corazón, quedaba la duda: ¿y si Dios existe? Miles de años de civilización hacían del suicidio un tabú, una afrenta a todos los códigos religiosos: el hombre lucha para sobrevivir, y no para entregarse. La raza humana debe procrear. La sociedad necesita mano de obra. Una pareja necesita una razón para continuar junta, incluso después de que el amor deje de existir, y un país necesita soldados, políticos y artistas.

«Si Dios existe, lo que yo sinceramente no creo, entenderá que hay un límite para la comprensión humana. Fue Él quien creó esta confusión, donde hay miseria, injusticia, afán de lucro, soledad. Su intención debe de haber sido excelente, pero los resultados son nulos; si Dios existe, Él será generoso con las criaturas que deseen alejarse más pronto de esta Tierra, y puede ser que hasta llegue a pedir disculpas por habernos obligado a pasar por aquí.»

Que se fueran al diablo los tabúes y las supersticiones. Su religiosa madre le decía: «Dios sabe el pasado, el presente y el futuro». En este caso, ya la había colocado en este mundo con plena conciencia de que ella terminaría matándose, y no se sorprendería por su gesto.

Veronika comenzó a sentir un leve mareo, que fue creciendo rápidamente.

A los pocos minutos ya no podía concentrarse en la plaza existente frente a su ventana. Sabía que era invierno, debía ser alrededor de las cuatro de la tarde, y el sol se estaba poniendo rápidamente. Sabía que otras personas continuarían viviendo; en este momento, un muchacho que pasaba frente a su ventana la miró, sin, no obstante, tener la menor idea de que ella estaba a punto de morir. Un grupo de músicos bolivianos (¿dónde está

Bolivia? ¿Por qué los artículos de revistas no preguntan eso?) tocaba delante de la estatua de France Preseren, el gran poeta esloveno que marcara profundamente el alma de su pueblo.

¿Llegaría a poder escuchar hasta el fin la música que venía de la plaza? Sería un bello recuerdo de esta vida: el atardecer, la melodía que contaba los sueños del otro lado del mundo, el cuarto templado y acogedor, el muchacho guapo y lleno de vida que había pasado, había decidido detenerse y ahora se dirigía hacia ella. Como se daba cuenta de que las pastillas ya estaban haciendo efecto, era la última persona a la que estaba viendo.

Él sonrió. Ella retribuyó la sonrisa: no tenía nada que perder. Él la saludó con la mano; ella decidió fingir que estaba mirando otra cosa, al fin y al cabo el muchacho estaba queriendo ir demasiado lejos. Desconcertado, continuó su camino, olvidando para siempre aquel rostro en la ventana.

Pero Veronika se quedó satisfecha de haber sido de-seada una vez más. No era por ausencia de amor que se estaba matando. No era por falta de cariño de su fa-milia, ni problemas financieros, o por una enfermedad incurable.

Veronika había decidido morir aquella bonita tarde de Ljubljana, con músicos bolivianos tocando en la plaza, con un joven pasando frente a su ventana, y estaba contenta con lo que sus ojos veían y sus oídos escuchaban. Pero aún estaba más contenta de no tener que estar viendo aquellas mismas cosas durante treinta, cuarenta o cincuenta años más, pues perderían toda su originalidad en la tragedia de una vida donde todo se repite, y el día anterior es siempre igual al siguiente.

El estómago, ahora, empezaba a dar vueltas y ella se

sentía muy mal. «Qué gracia, pensé que una dosis excesiva de calmantes me haría dormir inmediatamente». Pero lo que sucedía era un extraño zumbido en los oídos y la sensación de vómito.

«Si vomito no moriré.»

Decidió olvidar los cólicos, procurando concentrarse en la noche que caía con rapidez, en los bolivianos, en las personas que comenzaban a cerrar sus tiendas y salir. El ruido en el oído se hacía cada vez más agudo y, por primera vez desde que había ingerido las pastillas, Veronika sintió miedo, un miedo terrible a lo desconocido.

Pero fue rápido. Enseguida perdió la conciencia.

Cuando abrió los ojos, Veronika no pensó «esto debe de ser el cielo».

El cielo jamás Utilizaría una lámpara fluorescente para iluminar el ambiente, y el dolor (que apareció una fracción de segundo después) era típico de la Tierra. ¡Ah, este dolor de la Tierra! Es único, no puede ser confundido con nada.

Quiso moverse, y el dolor aumentó. Aparecieron una serie de puntos luminosos, y aún así Veronika continuó entendiendo que aquellos puntos no eran estrellas del paraíso, sino consecuencias de su intenso sufrimiento.

—Has recuperado la conciencia —escuchó una voz de mujer—. Ahora estás con los dos pies en el infierno, aprovecha.

No, no podía ser, aquella voz la estaba engañando.

No era el infierno, porque sentía mucho frío, y notaba que tubos de plástico salían de su boca y de su nariz. Uno de estos tubos —el introducido por su garganta hasta el fondo— era el que le daba la sensación de ahogo.

Quiso moverse para retirarlo, pero los brazos estaban atados.

—Estoy bromeando, no es el infierno —continuó la voz—. Es peor que el infierno donde, además, yo nunca estuve. Es Villete.

A pesar del dolor y de la sensación de sofocamiento, Veronika, en una fracción de segundo, entendió lo que había pasado. Había intentado suicidarse y alguien había llegado a tiempo para salvarla. Podía haber sido una monja, una amiga que la hubiera ido a visitar sin avisar, o alguien que se acordó de entregar algo que ella ya había olvidado haber pedido. El hecho es que había sobrevivido y estaba en Villete.

Villete, el famoso y temido manicomio que existía desde 1991, año de la independencia del país. En aquella época, creyendo que la división de Yugoslavia se produciría en forma pacífica (al fin y al cabo, Eslovenia enfrentó apenas once días de guerra), un grupo de empresarios europeos consiguió licencia para instalar un hospital para enfermos mentales en un antiguo cuartel, abandonado por causa de los altos costos de mantenimiento.

Lentamente, sin embargo, las guerras comenzaron: primero fue Croacia, después Bosnia. Los empresarios se preocuparon: el dinero para la inversión provenía de capitalistas esparcidos por diversas partes del mundo, cuyos nombres ni sabían, de modo que era imposible sentarse ante ellos, dar algunas disculpas y pedirles que tuvieran paciencia. Resolvieron el problema adoptando prácticas nada recomendables para un asilo psiquiátrico, y Villete pasó a simbolizar para la joven nación que acababa de salir de un comunismo tolerante, lo que había de peor en el capitalismo: bastaba pagar para conseguir una plaza.

Muchas personas, cuando querían librarse de algún miembro de la familia por causa de discusiones sobre la herencia (o un comportamiento inconveniente) gastaban una fortuna y conseguían un certificado médico que permitía la internación de los hijos o los padres creadores de problemas. Otros, para huir de deudas o justificar ciertas actitudes que podían acarrear largas estancias en prisión, pasaban algún tiempo en el asilo y salían libres de cualquier peligro de proceso judicial.

Villete, el lugar de donde nadie jamás había huido. Que mezclaba a los verdaderos locos —enviados allí por la justicia o por otros hospitales— con aquellos que eran acusados de locura, o la fingían. El resultado era una verdadera confusión, y la prensa a cada momento publicaba historias de malos tratos y abusos, aún cuando jamás tuviera permiso de entrar para ver lo que estaba sucediendo. El gobierno investigaba las denuncias, no conseguía pruebas, los accionistas amenazaban con propagar que era difícil hacer inversiones externas en el país y la institución conseguía mantenerse en pie, cada vez más fuerte.

—Mi tía se suicidó hace pocos meses —continuó la voz femenina—. Había pasado casi ocho años sin ganas de salir de su cuarto, comiendo, engordando, fumando, tomando calmantes y durmiendo la mayor parte de su tiempo. Tenía dos hijas y un marido que la amaba.

Veronika intentó mover su cabeza en dirección a la

voz, pero era imposible.

—Solo la vi reaccionar una sola vez: cuando el marido encontró una amante. Entonces ella armó escándalos, perdió algunos kilos, rompió vasos y durante semanas enteras no dejó dormir a los vecinos con sus gritos. Por más extraño que parezca, creo que fue su época más feliz: estaba luchando por algo, se sentía viva y capaz de reaccionar ante el desafío que se le presentaba.

«¿Y que tengo yo que ver con todo eso?», pensaba Veronika, incapaz de decir algo. «¡Yo no soy su tía, ni tengo marido!»

—El marido terminó dejando a la amante —continuó la mujer—. Mi tía, poco a poco, volvió a su pasividad habitual. Un día me telefoneó diciendo que estaba dispuesta a cambiar de vida: había dejado de fumar. La misma semana, después de aumentar la cantidad de tranquilizantes a causa de la falta del cigarrillo, avisé a todos que estaba dispuesta a matarse.

Nadie le creyó. Una mañana, me dejó un recado en el contestador automático, despidiéndose, y se mató con gas. Yo escuché ese mensaje varias veces: nunca había oído una voz más tranquila, más conformada con su propio destino. Decía que no era feliz ni infeliz, y que por eso no aguantaba más.

Veronika sintió compasión por aquella mujer que contaba la historia y que parecía intentar comprender la muerte de la tía. ¿Cómo juzgar, en un mundo donde se intenta sobrevivir a cualquier precio, a aquellas personas que deciden morir?

Nadie puede juzgar. Cada uno sabe la dimensión de su propio sufrimiento, o de la ausencia total de sentido de su vida. Veronika quería explicar eso, pero el tubo de su boca la hizo atragantarse, y la mujer vino a ayudarla.

La vio reclinada sobre su cuerpo amarrado, entubado,

protegido en contra de su voluntad y de su libre arbitrio
de destruirlo. Movió la cabeza de un lado al otro,
implorando con sus ojos para que le sacaran aquel tubo
y la dejasen morir en paz.

—Estás nerviosa —dijo la mujer—. No sé si estás
arrepentida o si aún quieres morir, pero no me interesa.
Lo que me interesa es cumplir con mi función: si el
paciente se muestra agitado, el reglamento exige que le
aplique un sedante.

Veronika cesó de debatirse, pero la enfermera ya le
estaba aplicando una inyección en el brazo. Al poco
tiempo había regresado a un mundo extraño, sin sueños,
donde la única cosa que recordaba era el rostro de la
mujer que acababa de ver: ojos verdes, cabello castaño
y un aire totalmente distante, el aire de quien hace las
cosas porque tiene que hacerlas, sin jamás preguntar por
qué el reglamento manda esto o aquello.

Paulo Coelho conoció la historia de Veronika tres
meses después, cuando cenaba en un restaurante argelino
en Paris con una amiga eslovena, que también se llamaba
Veronika y era hija del médico responsable de Villete.

Más tarde, cuando decidió escribir un libro sobre el
asunto, pensó en cambiar el nombre de Veronika, su
amiga, para no confundir al lector. Pensó en llamarla
Blaska, o Edwina, o Marietzja, o cualquier otro nombre
esloveno pero acabó decidiendo que mantendría los

nombres reales. Cuando se refiriese a Veronika, su amiga,
la llamaría «Veronika, la amiga». En cuanto a la otra
Veronika no necesitaba adjetivarla de ninguna manera
puesto que sería el personaje central del libro, y las
personas se cansarían de leer siempre «Veronika, la loca»
o «Veronika, la que había intentado suicidarse». De
cualquier manera tanto él como Veronika, la amiga, iban
a entrar en la historia apenas un pequeño trecho: éste.

Veronika, la amiga, estaba horrorizada con lo que su
padre había hecho, principalmente tomando en cuenta
que él era el director de una institución que quería ser
respetada y trabajaba en una tesis que tenía que ser
sometida al examen de una comunidad académica
convencional.

—¿Sabes de dónde viene la palabra «asilo»? —
preguntaba ella—. Viene de la Edad Media, del derecho
que las personas tenían de buscar refugio en iglesias,
lugares sagrados. ¡Derecho de asilo, una cosa que
cualquier persona civilizada entiende! Entonces, ¿cómo
es que mi padre, director de un asilo, pudo actuar de esa
manera con alguien?

Paulo Coelbo quiso saber en detalle todo lo que había
pasado, porque tenía un excelente motivo para interesarse
por la historia de Veronika.

Y el motivo era el siguiente: él también había sido
internado en un asilo —o manicomio, como era más
conocido este tipo de hospital. Y esto había sucedido no
solamente una vez, sino tres, en los años 1965, 1966 y
1967. El lugar de su internación fue la Casa de Salud
doctor Eiras, en Río de Janeiro.

La causa de su internación era, hasta hoy, extraña
para él mismo: tal vez sus padres estuvieran confundidos
por su comportamiento diferente, entre tímido y
extrovertido, o tal vez fuera su deseo de ser «artista»,

algo que todos en la familia consideraban como la mejor manera de vivir en la marginalidad y morir en la miseria.

Cuando pensaba en el hecho —y hay que decir, de paso, que raramente lo hacía— él atribuía la verdadera locura al médico que aceptó internarlo sin ningún motivo concreto. (Como sucede en cualquier familia, la tendencia es siempre culpar a los otros, y afirmar a pies juntillas que los padres no sabían lo que estaban haciendo cuando tomaron una decisión tan drástica.)

Paulo se rió al saber la extraña carta que Veronika había dejado a los diarios, protestando porque una importante revista francesa ni siquiera supiese dónde estaba Eslovenia.

—Nadie se mata por eso.

—Por esta razón, la carta no dio ningún resultado —dijo, molesta, Veronika, la amiga—. Ayer mismo, al registrarme en el hotel creían que Eslovenia era una ciudad de Alemania.

Era una historia muy familiar, pensó él, ya que muchos extranjeros consideran la ciudad argentina de Buenos Aires como la capital del Brasil.

Pero, además del hecho de vivir en un país en el que los extranjeros, alegremente, venían a felicitarlo por la belleza de la capital (que estaba en el país vecino), Paulo Coelho tenía en común con Veronika el hecho que ya fue descrito aquí pero que siempre conviene recordar: también había sido internado en un sanatorio para enfermos mentales «de donde nunca debió haber salido», como comentó cierta vez su primera mujer.

Pero salió. Y cuando dejó la Casa de Salud del doctor Eiras por última vez, decidido a no volver nunca más, hizo dos promesas: a) juró que escribiría sobre el asunto; b) juró esperar a que sus padres muriesen antes de hacerlo público porque no quería herirlos, ya que los dos habían pasado muchos años de sus vidas culpándose por lo que habían hecho.

Su madre murió en 1993. Pero su padre, que en 1997 había cumplido ochenta y cuatro años, a pesar de tener enfisema pulmonar sin haber fumado nunca, a pesar de alimentarse con comida congelada porque no conseguía tener una asistenta que controlara sus manías, continuaba vivo, en pleno gozo de sus facultades mentales y de su salud.

De modo que, al oír la historia de Veronika él descubrió la manera de hablar sobre el tema sin faltar a su promesa. Aunque nunca hubiera pensado en el suicidio, conocía íntimamente el universo de un asilo: los tratamientos, las relaciones entre médicos y pacientes, el consuelo y la angustia de estar en un lugar como aquél.

Entonces dejemos a Paulo Coelho y Veronika, la amiga, salir definitivamente de este libro, y continuemos el relato.

Veronika no sabe cuánto tiempo estuvo durmiendo. Recordaba haberse despertado en algún momento, aún con los aparatos de supervivencia en su boca y su nariz, al oír una voz que le decía:

—¿Quieres que te masturbe?

Pero ahora, con los ojos bien abiertos y mirando la habitación a su alrededor, no sabía si aquello había sido real o una alucinación. Aparte de esto, no conseguía recordar nada, absolutamente nada.

Le habían retirado los tubos. Pero continuaba con agujas clavadas por todo el cuerpo, cables conectados en la zona del corazón y de la cabeza, y los brazos atados. Estaba desnuda, cubierta apenas por una sábana, y sentía frío, pero decidió no quejarse. El pequeño ambiente, rodeado de cortinas verdes, estaba ocupado por las máquinas de la Unidad de Tratamiento Intensivo, la cama donde estaba acostada y una silla blanca, con una enfermera sentada entretenida en la lectura de un libro.

La mujer, esta vez, tenía ojos oscuros y cabellos castaños. Aún así, Veronika se quedó en la duda de si era la misma persona con quien había conversado horas —¿o días?— antes.

—¿Puede desatarme los brazos?

La enfermera levantó los ojos, respondió con un seco «no»y volvió al libro.

Estoy viva, pensó Veronika. Va a empezar todo otra vez. Tendré que pasar un tiempo aquí dentro, hasta que comprueben que soy perfectamente normal. Después me darán de alta, y volveré a ver las calles de Ljubljana, su plaza redonda, los puentes, las personas que pasan por las calles yendo y volviendo del trabajo.

Como las personas siempre tienden a ayudar a las otras —sólo para sentirse mejores de lo que realmente son— me volverán a emplear en la biblioteca. Con el tiempo, volveré a frecuentar los mismos bares y discotecas, conversaré con mis amigos sobre las injusticias y los problemas del mundo, iré al cine, pasearé por el lago.

Como elegí las pastillas, no estoy deformada: continúo joven, bonita, inteligente, y no tendré —como nunca tuve— dificultades para conseguir novios. Haré el amor con ellos en sus casas, o en el bosque, obtendré un cierto placer, pero después del orgasmo la sensación de vacío volverá. Ya no tendremos mucho sobre qué conversar, y tanto él como yo lo sabemos: llega el momento de darnos una disculpa mutua («es tarde» o «mañana tengo que levantarme temprano») y partiremos lo más rápidamente posible, evitando mirarnos a los ojos.

Yo vuelvo a mi cuarto alquilado en el convento. Intento leer un libro, enciendo el televisor para ver los mismos programas de siempre, coloco el despertador para despertarme exactamente a la misma hora que el día anterior, repito mecánicamente las tareas que me son confiadas en la biblioteca. Como el sándwich en el jardín frente al teatro sentada en el mismo banco, junto con otras personas que también escogen los mismos bancos para almorzar, que tienen la misma mirada vacía, pero fingen estar ocupadas con cosas importantísimas.

Después vuelvo al trabajo, escucho algunos comentarios sobre quién está saliendo con quién, quién está sufriendo tal cosa, cómo tal persona lloró por culpa del marido, y me quedo con la sensación de que soy bonita, tengo empleo y consigo el amante que quiero. Después vuelvo a los bares hacia el fin del día y todo recomienza.

Mi madre (que debe de estar preocupadísima con mi tentativa de suicidio) se recuperará del susto y continuará preguntándome qué voy a hacer de mi vida, por qué no soy igual a las otras personas ya que, al fin y al cabo, las cosas no son tan complicadas como yo pienso que son. «Fíjate en mí, por ejemplo, que llevo años casada con tu padre y procuré darte la mejor educación y los mejores ejemplos posibles.»

Un día me canso de oírle repetir siempre lo mismo y para contentarla me caso con un hombre a quien yo misma me impongo amar. Ambos terminaremos encontrando una manera de soñar juntos con nuestro futuro, la casa de campo, los hijos, el futuro de nuestros hijos. Haremos mucho el amor el primer año, menos el segundo, a partir del tercero quizá pensaremos en el sexo una vez cada quince días y transformaremos ese pensamiento en acción apenas una vez al mes. Y, peor que eso, apenas conversaremos. Yo me esforzaré por aceptar la situación, y me preguntaré qué es lo que hay de mal en mí, ya que no consigo interesarlo, no me presta la menor atención y vive hablando de sus amigos como si fuesen realmente su mundo.

Cuando el matrimonio esté apenas sostenido por un hilo, me quedaré embarazada. Tendremos un hijo, pasaremos algún tiempo más próximos uno del otro y pronto la situación volverá a ser como antes.

Entonces empezaré a engordar como la tía de la enfermera de ayer, o de días atrás, no sé bien. Y empezaré a hacer régimen, sistemáticamente derrotada cada día, cada semana, por el peso que insiste en aumentar a pesar de todo el control. A estas alturas, tomaré algunas drogas mágicas para no caer en la depresión y tendré algunos hijos, en noches de amor que pasan demasiado deprisa. Diré a todos que los hijos son la razón de mi vida pero, en verdad, ellos exigen mi vida como razón.

La gente nos considerará siempre una pareja feliz y nadie sabrá lo que existe de soledad, de amargura, de renuncia, detrás de toda esa apariencia de felicidad.

Hasta que un día, cuando mi marido tenga su primera amante, yo tal vez haga un escándalo como la tía de la enfermera, o piense nuevamente en suicidarme. Pero entonces ya estaré vieja y cobarde, con dos o tres hijos que necesitan mi ayuda, y debo educarlos, colocarlos en el mundo, antes de ser capaz de abandonar todo. Yo no me suicidaré: haré un escándalo, amenazaré con irme con los niños. Él, como todos los hombres, retrocederá, dirá que me ama y que aquello no volverá a repetirse. Nunca se le pasará por la cabeza que si yo resolviese realmente irme la única elección posible sería la casa de mis padres, y quedarme allí el resto de la vida teniendo que escuchar todos los días a mi madre lamentándose porque perdí una oportunidad única de ser feliz, que el era un excelente marido a pesar de sus pequeños defectos y que mis hijos sufrirán mucho por causa de la separación.

Dos o tres años después, otra mujer aparecerá en su vida. Yo lo descubriré (porque lo vi, o porque alguien me lo contó) pero esta vez finjo ignorarlo. Gasté toda mi energía luchando contra la amante anterior, no sobró nada, es mejor aceptar la vida tal como es en realidad y no como yo la imaginaba. Mi madre tenía razón.

Él continuará siendo gentil conmigo, yo continuaré mi trabajo en la biblioteca, con mis sándwiches en la plaza del teatro, mis libros que nunca consigo terminar de leer, los programas de televisión que continuarán siendo los mismos de aquí a diez, veinte o cincuenta años.

Sólo que comeré los sándwiches con sentimiento de culpa, porque estoy engordando; y ya no iré a bares, porque tengo un marido que me espera en casa para cuidar a los hijos.

A partir de ahí, todo se reduce a esperar a que los chicos crezcan y pensar todos los días en el suicidio, sin valor para cometerlo. Un buen día, llego a la conclusión de que la vida es así, no sirve rebelarse, nada cambiará. Y me conformo.

Veronika concluyó su monólogo interior, y se hizo a si misma una promesa: no saldría de Villete con vida. Era mejor acabar con todo entonces, mientras aún tenía valor y salud para morir.

Se durmió y despertó varias veces, notando que el número de aparatos a su alrededor disminuía, el calor de su cuerpo aumentaba y las enfermeras cambiaban de rostro, pero siempre había alguien al lado de ella. Las cortinas verdes dejaban pasar el sonido de alguien llorando, gemidos de dolor, o voces que susurraban cosas en tono calmo y técnico. De vez en cuando se oía el zumbido distante de un aparato, y ella escuchaba pasos apresurados en el corredor. En esos momentos las voces perdían su tono técnico y tranquilo y pasaban a ser tensas, dando órdenes rápidas.

En uno de sus momentos de lucidez, una enfermera le preguntó:

—¿No quiere saber su estado?

—Ya sé cual es —respondió Veronika—. Y no es el que está viendo en mi cuerpo; es el que está sucediendo en mi alma.

La enfermera aún intentó conversar un poco, pero Veronika fingió que dormía.

Por primera vez, cuando abrió los ojos se dio cuenta de que había cambiado de lugar: estaba en lo que parecía ser una gran enfermería. La aguja de un frasco de suero aún continuaba en su brazo, pero todos los otros cables y agujas habían sido retiradas.

Un médico alto, cuya tradicional ropa blanca contrastaba con los cabellos y el bigote artificialmente teñidos de negro, se encontraba de pie, frente a su cama. A su lado, un joven practicante sostenía una carpeta y tomaba notas.

—¿Cuánto tiempo llevo aquí? —preguntó, notando que hablaba con cierta dificultad, sin conseguir pronunciar bien las palabras.

Dos semanas en esta habitación después de cinco días en la Unidad de Emergencia —respondió el mayor—. Y dé gracias a Dios por estar aún aquí.

El más joven pareció sorprendido, como si esta última frase no combinase exactamente con la realidad. Veronika, de inmediato, notó su reacción y su instinto se alertó: ¿había estado más tiempo? ¿Aún corría algún riesgo? Empezó a prestar atención a cada gesto, cada movimiento de ambos; sabía que era inútil hacer preguntas, ellos jamás le dirían la verdad, pero, si era lista, podría entender lo que estaba sucediendo.

—Díganos su nombre, dirección, estado civil y fecha de nacimiento —continuó el mayor.

Verónica sabía su nombre, su estado civil y su fecha de nacimiento, pero constató que había espacios en blanco en su memoria: no conseguía acordarse bien de su dirección.

El médico colocó una linterna ante sus ojos y los examinó prolongadamente, en silencio. El más joven hizo lo mismo. Los dos intercambiaron miradas que no significaban absolutamente nada.

—¿Usted dijo a la enfermera de noche que no sabíamos ver su alma? —preguntó el más joven.

Veronika no se acordaba. Tenía dificultades para saber bien quién era y qué estaba haciendo allí.

—Usted ha sido constantemente inducida al sueño a través de calmantes, y eso puede afectar un poco su memoria. Por favor, intente responder a todo lo que le preguntamos.

Y los médicos empezaron un cuestionario absurdo,

queriendo saber cuáles eran los diarios más importantes de Ljubljana, quién era el poeta cuya estatua está en la plaza principal (¡ah, de eso ella no se olvidaría nunca, todo esloveno tiene la imagen de Preseren grabada en su alma), el color de cabello de su madre, el nombre de los amigos del trabajo, los libros más retirados de la biblioteca.

Al principio, Veronika pensó en no responder; su memoria continuaba confusa. Pero, a medida que el cuestionario avanzaba, ella iba reconstruyendo lo que había olvidado. En determinado momento se acordó que estaba en un manicomio, y los locos no tienen ninguna obligación de ser Coherentes; pero, para su propio bien, y para mantener a los médicos cerca a fin de ver si conseguía descubrir algo más respecto a su estado, ella comenzó a hacer un esfuerzo mental. A medida que citaba los nombres y hechos, no sólo recuperaba su memoria, sino también su personalidad, sus deseos, su manera de ver la vida. La idea del suicidio, que aquella mañana parecía enterrada bajo varias oleadas de sedantes, volvía nuevamente a aflorar.

—Está bien —dijo el médico mayor, al final del cuestionario.

—¿Cuánto tiempo me tendré que quedar aún aquí?

El más joven bajó la mirada, y ella sintió que todo quedaba suspendido en el aire, como si a partir de la respuesta a aquella pregunta, fuera a quedar escrita una nueva historia de su vida, que nadie más conseguiría modificar.

—Puede decírselo —comentó el mayor—. Muchos otros pacientes ya oyeron los rumores y ella acabará sabiéndolo de todos modos; es imposible tener secretos en este lugar.

—Bien, fue usted quien determinó su propio destino —suspiró el joven, midiendo cada palabra—, así que debe saber las consecuencias de su acto: durante el coma provocado por los narcóticos, su corazón quedó irremediablemente afectado. Se produjo una necrosis en el ventrículo...

—Simplifique —dijo el mayor—. Vaya directo a lo que interesa.

—Su corazón quedó irremediablemente afectado. Y dejará de latir en breve.

—¿Qué quiere decir con eso? —preguntó, asustada.

—El hecho de que el corazón deje de latir significa sólo una cosa muerte física. No se cuales son sus creencias religiosas pero...

—¿Y dentro de cuanto tiempo parará? —le interrumpió Veronika.

—Unos cinco días. Una semana como máximo.

Veronika se dio cuenta de que, por detrás de la apariencia y del comportamiento profesional, tras el aire de preocupación, aquel joven estaba sintiendo un inmenso placer al dar la noticia. Como si ella mereciese el castigo y sirviera de ejemplo a los otros.

En el curso de su vida Veronika se había dado cuenta de que un gran número de personas que conocía comentaban los horrores de la vida ajena como si estuviesen muy preocupados por ayudar, pero en verdad se complacían con el sufrimiento de los otros, porque esto les hacia creer que eran felices, que la vida habla sido generosa con ellos. Ella detestaba a este tipo de gente: no daría a aquel muchacho ninguna oportunidad de aprovecharse de su estado para ocultar sus propias frustraciones.

Mantuvo sus ojos fijos en los de él.

—Entonces yo no fallé.

—No —fue la respuesta. Su placer por dar noticias trágicas habla desaparecido.

Durante la noche, no obstante, comenzó a sentir miedo. Una cosa era la acción rápida de los comprimidos, otra era quedarse esperando a la muerte durante cinco días, una semana, después de haber vivido ya todo lo posible.

Había pasado su vida esperando siempre algo: que el padre volviera del trabajo, la carta del enamorado que no llegaba, los exámenes de fin de año, el tren, el autobús, la llamada telefónica, el día de fiesta, el fin de las vacaciones. Ahora tenía que esperar la muerte, que venía con fecha marcada.

«Esto sólo me podía pasar a mí. Normalmente las personas se mueren exactamente el día en que creen que van a morir.»

Tenía que salir de allí y conseguir nuevas pastillas. Si no lo lograba, y la única solución fuese lanzarse desde lo alto de un edificio de Ljubljana, lo haría. Había intentado evitar a sus padres un sufrimiento extra, pero ahora no había más remedio.

Miró a su alrededor. Todas las camas estaban ocupadas, las personas dormían, algunas roncaban fuerte.

Las ventanas tenían rejas. Al final del dormitorio había una pequeña luz encendida, llenando el ambiente de sombras extrañas y permitiendo que el lugar estuviera constantemente vigilado. Cerca de la luz, una mujer leía un libro.

«Estas enfermeras deben de ser muy cultas. Viven leyendo.»

La cama de Veronika era la más alejada de la puerta, entre ella y la mujer había casi veinte. Se levantó con dificultad porque, si era verdad lo que había dicho el médico, llevaba casi tres semanas sin caminar. La enfermera levantó los ojos y vio a la joven que se aproximaba cargando su frasco de suero.

—Quiero ir al lavabo —susurró, con miedo a despertar a las otras locas.

La mujer, con un gesto desganado, señaló una puerta. La mente de Veronika trabajaba rápidamente, buscando en todas partes una salida, una brecha, una manera de escapar de aquel lugar. «Tiene que ser enseguida, mientras piensan que aún estoy frágil, incapaz de reaccionar.»

Miró cuidadosamente a su alrededor. El cuarto de baño era un cubículo sin puerta. Si quería salir de allí, tendría que sujetar a la vigilante y dominarla para conseguir la llave, pero estaba demasiado débil para hacer eso.

—¿Esto es una prisión? —preguntó a la vigilante, que había abandonado la lectura y ahora seguía todos sus movimientos.

—No. Es un manicomio.

—Yo no estoy loca.

La mujer rió.

—Es exactamente lo que todos dicen aquí.

—Está bien. Entonces soy una loca. ¿Qué es un loco?

La mujer dijo a Veronika que no debía quedarse mucho tiempo de pie y la envió de vuelta a su cama.

—¿Qué es un loco? —insistió Veronika.

—Pregúnteselo al médico mañana. Y váyase a dormir o tendré que aplicarle un calmante.

Veronika obedeció. En el camino de vuelta, escuchó a alguien susurrar desde una de las camas:

—¿No sabes lo que es un loco?

Por un instante, pensó en no responder: no quería hacer amigos, establecer círculos sociales, conseguir aliados para una gran sublevación en masa. Tenía sólo una idea fija: la muerte. Si le resultaba imposible huir, se las arreglaría para matarse allí mismo, lo antes posible.

Pero la mujer repitió la misma pregunta que ella había hecho a la vigilante:

—¿No sabes lo que es un loco?

—¿Quién eres?

—Mi nombre es Zedka. Ve hasta tu cama. Después, cuando la vigilante piense que ya estás acostada, arrástrate por el suelo hasta aquí.

Veronika volvió a su lugar y esperó a que la vigilante volviera a concentrarse en el libro ¿Qué era un loco? No tenía la menor idea, porque esa palabra era empleada de una manera completamente anárquica: decían, por ejemplo, que ciertos deportistas estaban locos por desear superar récords. O que los artistas eran locos porque vivían de una manera insegura, inesperada, diferente de todos los «normales». Por otro lado, Veronika ya había visto a mucha gente andando por las calles de Ljubljana, mal abrigada durante el invierno, predicando el fin del mundo y empujando carritos de supermercado llenos de bolsas y trapos.

No tenía sueño. Según el médico, había dormido casi una semana, demasiado tiempo para quien estaba habituado a una vida sin grandes emociones pero con horarios rígidos de descanso. ¿Qué era un loco? Quizás fuera mejor preguntárselo a uno de ellos.

Veronika se agachó, se sacó la aguja del brazo y se fue hasta donde estaba Zedka, intentando no hacer caso a su estómago que empezaba a dar vueltas; no sabía si el mareo era el resultado de su corazón debilitado o del esfuerzo que estaba haciendo.

—No sé lo que es un loco —susurró Veronika—, pero yo no lo soy. Soy una suicida frustrada.

—Loco es quien vive en su mundo. Como los esquizofrénicos, los psicópatas, los maníacos. O sea, personas que son diferentes de las otras.

—¿Como tú?

—Sin embargo —continuó Zedka, fingiendo no haber oído el comentario—, ya debes de haber oído hablar de Einstein, diciendo que no había tiempo ni espacio, sino la unión de los dos. O de Colón, insistiendo en que al otro lado del mar no había un abismo, sino un continente. O de Edmond Hillary, asegurando que un hombre podía llegar a la cumbre del Everest. O de los Beatles, que hicieron una música diferente y se vistieron como personas totalmente fuera de su época. Todas estas personas —y millares de otras— también vivían en su mundo.

«Esta demente está diciendo cosas con sentido», pensó Veronika, acordándose de las historias que su madre le contaba sobre santos que afirmaban hablar con Jesús o con la Virgen Maria. ¿Vivían en un mundo aparte?

—Una vez vi a una mujer con un vestido rojo, escotado, ojos vidriosos, andando por las calles de Ljubljana cuando el termómetro marcaba cinco grados bajo cero.

Pensé que estaría borracha y fui a ayudarla, pero ella rechazó mi abrigo. Quizás en su mundo fuese verano; y su cuerpo estuviera caliente por el deseo de alguien a quien esperaba. Y aunque esa otra persona existiese apenas en su delirio, ella tiene el derecho de vivir y morir como quiera, ¿no crees?

Veronika no sabía qué decir, pero las palabras de aquella loca tenían sentido. ¿Quién sabe si no era la misma mujer que había visto semidesnuda en las calles de Ljubljana?

—Te contaré una historia —dijo Zedka.

«Un poderoso hechicero, queriendo destruir un reino,

colocó una poción mágica en un pozo del que todos sus habitantes bebían. Quien tomase aquella agua, se volvería loco.

«A la mañana siguiente, toda la población bebió y todos enloquecieron menos el rey, que tenía un pozo privado para él y su familia, donde el hechicero no había conseguido entrar. Preocupado, intentó controlar a la población ordenando una serie de medidas de seguridad y de salud pública: pero los policías e inspectores habían bebido el agua envenenada, y juzgando absurdas las decisiones del rey, decidieron no respetarlas de manera alguna.

«Cuando los habitantes de aquel reino se enteraron del contenido de los decretos, quedaron convencidos de que el soberano había enloquecido y por eso disponía cosas sin sentido. A gritos fueron hasta el castillo exigiendo que renunciase.

«Desesperado, el rey se declaró dispuesto a dejar el trono, pero la reina lo impidió diciendo: 'Vamos ahora hasta la fuente y beberemos también. Así nos volveremos iguales a ellos'.

'Y así se hizo: el rey y la reina bebieron el agua de la locura y empezaron inmediatamente a decir cosas sin sentido. Al momento sus súbditos se arrepintieron: ahora que el rey estaba mostrando tanta sabiduría, ¿por qué no dejarle gobernar?

«El país continuó en calma, aunque sus habitantes se comportasen de manera muy diferente de sus vecinos. Y el rey pudo gobernar hasta el fin de sus días.»

Veronika se rió

—Tú no pareces loca —dijo.

—Pero lo soy, aunque esté siendo curada, porque mi caso es simple: basta recolocar en el organismo una determinada sustancia química. Sin embargo, espero que esa sustancia se limite a resolver sólo mi problema de depresión crónica; quiero continuar loca viviendo mi vida de la manera que yo sueño y no de la manera en que otros desean. ¿Sabes lo que hay allá afuera, detrás de los muros de Villete?

—Gente que bebió del mismo pozo.

—Exactamente -dijo Zedka—. Creen que son normales porque todos hacen lo mismo. Voy a fingir que también bebí de aquella agua.

—Pues yo bebí y éste es, justamente, mi problema. Nunca tuve depresión, ni grandes alegrías o tristezas que durasen mucho. Mis problemas son iguales a los de todo el mundo.

Zedka rompió el silencio.

—Tú vas a morir, nos dijeron.

Veronika vaciló un instante: ¿podría confiar en aquella extraña? Pero tenía que arriesgarse.

—Sólo dentro de cinco o seis días. Estoy pensando si existe un medio de morir antes. Si tú, o alguien de aquí dentro, consiguiera nuevos comprimidos, estoy segura de que mi corazón no aguantaría esta vez. Comprende todo lo que estoy sufriendo por tener que estar esperando la muerte, y ayúdame.

Antes de que Zedka pudiese responder, la enfermera apareció con una inyección.

—Puedo aplicarla yo misma —dijo—. Pero si no hubiera colaboración, puedo pedir a los guardas de allí afuera que me ayuden.

—No gastes inútilmente tu energía —recomendó Zedka a Veronika—. Guarda tus fuerzas, si quieres conseguir lo que me pides.

Veronika se levantó, volvió a su cama, y dejó que la enfermera cumpliese su tarea.

Fue su primer día normal en un asilo de locos. Salió
de la enfermería, tomó café en el gran refectorio donde
hombres y mujeres comían juntos. Observó que, al
contrario de lo que acostumbraba a mostrarse en las
películas sobre el tema (escándalos, griterío, personas
haciendo gestos demenciales) todo parecía envuelto en
un aura de silencio opresivo; parecía que nadie deseaba
compartir su mundo interior con extraños.

Después de un desayuno razonable (no se podía cupar
a las comidas de la pésima fama de Villete) salieron todos
a tomar el sol. A decir verdad no había sol en absoluto:
la temperatura estaba bajo cero y el jardín se encontraba
cubierto de nieve.

—No estoy aquí para conservar mi vida, sino para
perderla —dijo Veronika a uno de los enfermeros.

—Aún así, tiene que salir para el baño de sol.

—Ustedes sí que están locos, ¡no hay sol!

—Pero hay luz, y la luz ayuda a calmar a los internos.
Por desgracia nuestro invierno es muy largo; si no fuera
así, tendríamos menos trabajo.

Era inútil discutir: salió y caminó un poco mirando
todo a su alrededor, buscando disimuladamente una
manera de huir. El muro era alto, como exigían los
constructores de cuarteles antiguos, pero las garitas para
centinelas estaban desiertas. El jardín estaba bordeado
por edificios de apariencia militar, que en la actualidad
albergaban enfermerías masculinas, femeninas, las
oficinas de la administración y las dependencias de los
empleados. Al acabar una primera y rápida inspección,
notó que el único lugar realmente vigilado era el portón

principal, donde dos guardias verificaban la identidad
de todos los que entraban y salían.

Todo parecía irse ordenando en su cerebro. Para hacer
un ejercicio de memoria, intentó acordarse de pequeñas
cosas, como el lugar donde dejaba la llave de su cuarto,
el disco que acababa de comprar, el último pedido que le
habían hecho en la biblioteca.

—Soy Zedka —dijo una mujer, acercándose.

La noche anterior no había podido ver su rostro, pues
estuvo agachada al lado de la cama durante todo el tiempo
que duró la conversación. Ella debía de tener unos 35
años y parecía absolutamente normal.

—Espero que la inyección no te haya causado mucho
problema. Con el tiempo el organismo se acostumbra, y
los calmantes pierden el efecto.

—Estoy bien.

—En relación con lo que me pediste en nuestra
conversación de anoche, ¿te acuerdas?

—Perfectamente.

Zedka la tomó del brazo y comenzaron a caminar
juntas, por entre los muchos árboles sin hojas del patio.
Más allá de los muros se podían ver las montañas
desapareciendo entre las nubes

—Hace frío, pero es una bonita mañana —dijo
Zedka—. Es curioso, pero mi depresión nunca aparecía
en días como éstos, nublados, grises, fríos. Cuando el
tiempo estaba así, yo sentía que la naturaleza estaba de
acuerdo conmigo, mostraba mi alma. Por otro lado,
cuando aparecía el sol, los niños empezaban a jugar por
las calles y todos estaban contentos con la belleza del
día, yo me sentía pésima. Como si fuera injusto que toda
aquella exuberancia se mostrara y yo no pudiera
participar

Con delicadeza, Veronika se soltó del brazo de la

mujer. No le gustaban los contactos físicos.

—Has interrumpido tu primera frase, cuando hablabas de mi pedido.

—Hay un grupo ahí dentro. Son hombres y mujeres que ya podrían recibir el alta, estar en sus casas, pero no quieren salir. Sus razones son muchas: Villete no está tan mal como dicen, aunque esté lejos de ser un hotel de cinco estrellas. Aquí dentro, todos pueden decir lo que piensan, hacer lo que desean sin oír ningún tipo de crítica puesto que, al fin y al cabo, están en un manicomio. Entonces, cuando llegan las inspecciones del gobierno, estos hombres y mujeres actúan como si tuvieran un alto grado de insania peligrosa, ya que muchos de ellos están aquí a cargo del Estado. Los médicos lo saben, pero parece que existe una orden de los dueños para dejar que la situación continúe como está, puesto que existen más plazas que enfermos.

—¿Y ellos me podrían conseguir las pastillas?

—Procura entrar en contacto con ellos. Llaman a su grupo «La Fraternidad».

Zedka señaló a una mujer con cabellos blancos que charlaba animadamente con otras mujeres más jóvenes.

—Se llama Mari, y es de La Fraternidad. Pregúntale a ella.

Veronika comenzó a dirigirse hacia ella pero Zedka la detuvo:

—Ahora no: se está divirtiendo. No interrumpirá lo que le gusta sólo para ser simpática con una extraña. Si reacciona mal, nunca más tendrás la oportunidad de aproximarte. Los «locos» siempre confían en la primera impresión.

Veronika se rió por la entonación que Zedka había dado a la palabra «locos». Pero se quedó preocupada, porque todo aquello le estaba pareciendo normal y hasta demasiado bueno. Después de tantos años yendo del trabajo al bar, del bar a la cama de un amante, de la cama para el cuarto, del cuarto a la casa de la madre, ahora ella estaba viviendo una experiencia con la que nunca había soñado: el asilo, la locura, el manicomio. Un lugar donde las personas no tenían vergüenza de confesarse locas, donde nadie interrumpía lo que le gustaba hacer sólo para ser simpático a los otros.

Empezó a dudar si Zedka estaría hablando en serio, o seria sólo una forma que los enfermos mentales adoptan para fingir que viven en un mundo mejor que los otros. Pero ¿qué importancia tenía eso? Estaba viviendo algo interesante, diferente, jamás esperado. Imagínense: ¡un lugar donde las personas se fingen locas para hacer exactamente lo que quieren!

En este exacto momento, el corazón de Veronika dio un pinchazo. Las palabras del médico volvieron inmediatamente a su pensamiento, y ella se asustó.

—Quiero caminar sola —le dijo a Zedka. Al fin de cuentas, ella también era una «loca» y no tenía por qué estar queriendo agradar a nadie.

La mujer se alejó, y Veronika se quedó contemplando las montañas tras los muros de Villete. Una leve voluntad de vivir pareció surgir, pero Veronika la apartó con determinación.

«Tengo que conseguir pronto los comprimidos.»

Reflexionó sobre su situación allí, que estaba lejos de ser la ideal. Aunque le dieran la posibilidad de vivir todas las locuras que le vinieran en gana, no sabría qué hacer.

Nunca había tenido ninguna locura.

Después de algún tiempo en el jardín, volvieron al refectorio y comieron. Luego los enfermeros

acompañaron a los hombres y mujeres hasta una
gigantesca sala de estar, con ambientes diversos: mesas,
sillas, sofás, un piano, una televisión, y amplias ventanas
desde donde se podía ver el cielo gris y las nubes bajas.
Ninguna de ellas tenía rejas porque la sala daba al jardín.
Las puertas estaban cerradas por causa del frío pero
bastaba girar la manija y podría salir para caminar de
nuevo entre los árboles.

La mayor parte de la gente se instaló frente al
televisor. Otros se quedaron mirando el vacío, algunos
conversaban en voz baja consigo mismos pero, ¿quién
no ha hecho eso en algún momento de su vida? Veronika
observó que la mujer más vieja, Mari, estaba ahora junto
a un grupo mayor en una de las esquinas de la gigantesca
sala. Algunos de los internos paseaban por allí cerca, y
Veronika los imitó; quería escuchar lo que hablaban.

Procuró disimular al máximo sus intenciones, pero
cuando llego cerca todos se callaron y la miraron.

—¿Qué es lo que quiere? —dijo un señor anciano,
que parecía ser el líder de La Fraternidad (si es que el tal
grupo realmente existía y Zedka no era más loca de lo
que aparentaba).

—Nada, sólo estaba pasando...

Todos intercambiaron miradas e hicieron algunos
gestos demenciales con la cabeza. Uno comentó a otro:
«ella sólo estaba pasando», el otro lo repitió en voz
más alta y al poco tiempo todos estaban gritando juntos
la misma frase.

Veronika no sabía qué hacer y se quedó paralizada
de miedo. Un enfermero fuerte y con cara de pocos
amigos se acercó para ver lo que sucedía.

—Nada —respondió uno del grupo—. Ella sólo
estaba pasando. ¡Está parada ahí, pero continuará
pasando!

El grupo entero estalló en carcajadas. Veronika asumió un aire irónico, sonrió, dio media vuelta y se alejó para que nadie notase que sus ojos se llenaban de lágrimas. Salió directamente al jardín, sin abrigarse. Un enfermero intentó convencerla de que volviese, pero pronto apareció otro que le susurró algo y los dos la dejaron en paz, en el frío. No valía la pena molestarse en cuidar la salud de una persona condenada.

Estaba confusa, tensa, irritada consigo misma. Jamás se había dejado llevar por provocaciones; había aprendido muy pronto que era preciso mantener el aire frío y distante siempre que se presentaba una situación nueva. Aquellos locos, sin embargo, habían conseguido hacer que sintiese vergüenza, miedo, rabia, ganas de matarlos, de herirlos con palabras que no hubiera osado decir.

Quizás las pastillas —o el tratamiento para sacarla del estado de coma— la hubiesen transformado en una mujer frágil, incapaz de reaccionar por sí misma. ¡Ya había enfrentado situaciones mucho peores en adolescencia y, por primera vez, no había conseguido controlar el llanto! Necesitaba volver a ser quien era, saber reaccionar con ironía, fingir que las ofensas nunca la herían, pues ella era superior a todos. ¿Quién, de aquel grupo, hubiera tenido el coraje de desear la muerte? ¿Cuáles de aquellas personas podían querer enseñarle algo sobre la vida, si estaban todas escondidas tras los muros de Villete? Nunca dependería para nada de su ayuda, aunque tuviera que esperar cinco o seis días para morir

«Un día ya pasó. Quedan apenas cuatro o cinco.»

Anduvo un poco, dejando que el frío bajo cero entrase en su cuerpo y calmara la sangre que corría deprisa, el corazón que latía demasiado rápido.

«Muy bien, aquí estoy yo, con las horas literalmente contadas y dando importancia a los comentarios de gente que nunca vi y que en breve nunca más veré. Y yo sufro, me irrito, quiero atacarlos y defenderme. ¿Para qué perder el tiempo con todo eso?»

La realidad, no obstante, es que estaba gastando el poco tiempo que le sobraba para luchar por su espacio en un ambiente extraño donde era preciso resistir o los otros impondrían sus reglas.

«No es posible. Yo nunca fui así. Yo nunca luché por tonterías.»

Se detuvo en medio del jardín helado. Justamente porque consideraba que todo eran tonterías es que había terminado aceptando lo que la vida le había naturalmente impuesto. En la adolescencia, pensaba que era demasiado pronto para escoger; ahora, en la juventud, se había convencido de que era demasiado tarde para cambiar.

¿Y en qué había gastado su energía hasta ese momento? En intentar hacer que todo en su vida continuase igual. Había sacrificado muchos de sus deseos para que sus padres la continuasen queriendo como la querían de pequeña, aún sabiendo que el verdadero amor se modifica con el tiempo y crece y descubre nuevas maneras de expresarse. Cierto día, cuando escuchó a su madre decir entre sollozos que su matrimonio había acabado, Veronika fue a buscar al padre, lloró, amenazó y finalmente le arrancó la promesa de que él no se iría de la casa, sin pensar en el alto precio que los dos debían de estar pagando por causa de eso.

Cuando decidió conseguir un empleo, dejó perder una oferto tentadora de una compañía que acababa de instalarse en su recién creado país, para aceptar el trabajo en la biblioteca pública donde el dinero era poco pero seguro. Iba a trabajar todos los días en el mismo horario, siempre dejando claro a sus jefes que ella no era una amenaza. Estaba satisfecha, no aspiraba a luchar para crecer; todo lo que deseaba era su sueldo a fin de mes.

Alquiló el cuarto en el convento porque las monjas exigían que todas las inquilinas regresaran a una hora determinada y después cerraban la puerta con llave: quien se quedara afuera tendría que dormir en la calle. Así ella siempre podía dar una disculpa verdadera a sus sucesivos amantes para no verse obligada a pasar la noche en hoteles o camas extrañas.

Cuando soñaba con casarse, se imaginaba siempre en un pequeño chalet fuera de Ljubljana, con un hombre que fuese diferente de su padre, que ganase sólo lo suficiente para mantener a su familia y que fuera feliz con el hecho de estar los dos juntos en una casa con el hogar encendido, contemplando las montañas cubiertas de nieve.

Se había educado a sí misma para dar a los hombres una cantidad exacta de placer: ni más, ni menos, apenas el necesario. No sentía rabia hacia nadie, porque eso hubiera significado tener que reaccionar, combatir a un enemigo y después aguantar consecuencias imprevisibles, como la venganza.

Y cuando consiguió casi todo lo que deseaba en la vida llegó a la conclusión de que su existencia no tenía sentido, porque todos los días eran iguales, y decidió morir.

Veronika volvió a entrar y se dirigió al grupo reunido en una de las esquinas de la sala. Las personas conversaban, animadas, pero se callaron cuando ella llegó.

Fue directamente hacia el hombre más viejo, que parecía ser el jefe. Antes de que nadie pudiese detenerla, le dio un sonoro bofetón.

—¿Va a reaccionar? —preguntó bien alto, para que la oyesen todos en la sala—. ¿Va a hacer algo?

—No. —El hombre se pasó la mano por la cara. Un pequeño hilo de sangre se escurría de su nariz.— Tú no nos vas a perturbar por mucho tiempo.

Ella dejó la sala de estar y caminó hacia su enfermería, con aire triunfante. Había hecho algo que jamás hiciera en su vida.

Tres días habían pasado desde el incidente con el grupo que Zedka llamaba «La Fraternidad». Estaba arrepentida de la bofetada, pero no por miedo a la reacción del hombre, sino porque había hecho algo diferente. Si seguía así podía terminar convencida de que la vida valía la pena, y sería un sufrimiento inútil, ya que tenía que partir de este mundo de cualquier manera.

Su única salida fue alejarse de todo y de todos, intentar de todas las formas ser como era antes, obedecer las órdenes y los reglamentos de Villete. Se adaptó a la rutina impuesta por la clínica: levantarse temprano, desayuno, paseo por el jardín, almuerzo, sala de estar, nuevo paseo por el jardín, cena, televisión y cama.

Antes de dormir, una enfermera aparecía siempre con medicamentos. Todas las otras mujeres tomaban comprimidos, ella era la única a quien aplicaban una inyección. Nunca protestó; sólo quiso saber por qué le daban tanto calmante, ya que nunca había tenido problemas para dormir. Le explicaron que la inyección no era un somnífero, sino un remedio para su corazón.

Y así, obedeciendo a la rutina, los días del hospital fueron tomándose iguales y, al ser iguales, pasaban más rápidos. En dos o tres días más ya no sería necesario cepillarse los dientes o peinarse. Veronika percibía cómo su corazón se iba debilitando rápidamente: perdía el aliento con facilidad, sentía dolores en el pecho, no tenía apetito y se mareaba al hacer cualquier esfuerzo.

Después del incidente con La Fraternidad había llegado a pensar algunas veces: «si yo pudiera elegir, si hubiera comprendido que mis días eran iguales porque así yo lo deseaba, tal vez...».

Pero la respuesta era siempre la misma: «no hay tal vez porque no hay elección». Y la paz interior volvía, porque todo estaba determinado.

En ese período, desarrolló una relación (no una amistad, porque la amistad exige una larga convivencia, y eso sería imposible) con Zedka. Jugaban a las cartas (lo que ayuda a pasar más rápido el tiempo) y a veces caminaban juntas, en silencio, por el jardín.

Aquel día por la mañana, después del desayuno todos salieron para el «baño de sol» conforme exigía el reglamento. Un enfermero, sin embargo, pidió a Zedka que volviese a la enfermería, pues era el día del «tratamiento».

Veronika estaba acabando de tomar el café con ella y lo escuchó.

—¿Qué es ese tratamiento?

—Es un método antiguo, de la década de los sesenta, pero los médicos piensan que puede acelerar la recuperación. ¿Quieres verlo?

—Pero tú dijiste que tenias depresión. ¿No es suficiente tomar la medicina para reponer la sustancia que falta?

—¿Quieres verlo? —insistió Zedka.

Saldría de la rutina, pensó Veronika. Descubriría

nuevas cosas cuando ya no necesitaba aprender nada,
sólo tener paciencia. Pero su curiosidad fue más fuerte,
y ella asintió con la cabeza.

—¡Esto no es una exhibición! —protestó el
enfermero.

—Ella va a morir. Y no vivió nada. Deja que venga
con nosotros.

Veronika presenció cómo la mujer era atada a su cama,
siempre con una sonrisa en los labios.

—Cuéntale lo que pasa —dijo Zedka al enfermero—
para que no se asuste.

Él se dio vuelta y mostró una inyección. Parecía feliz
de ser tratado como un médico que explica a los
practicantes los procedimientos correctos y los
tratamientos adecuados.

—En esta jeringa hay una dosis de insulina —dijo,
dando a sus palabras un tono grave y técnico—. Es usada
por los diabéticos para combatir las altas tasas de azúcar.
Sin embargo, cuando la dosis es mucho más elevada que
lo habitual, la caída en el nivel de azúcar provoca el
estado de coma.

Él golpeó levemente la aguja, retiró el aire y la aplicó
en la vena del pie derecho de Zedka.

—Y eso es lo que va a suceder ahora. Ella entrará en
un coma inducido. No se asuste si sus ojos se ponen

vidriosos y no espere que la reconozca mientras esté bajo los efectos de la medicación.

—Esto es horroroso, inhumano. Las personas luchan para salir y no para entrar en coma.

—Las personas luchan para vivir y no para suicidarse —respondió el enfermero, pero Veronika ignoró la provocación—. Y el estado de coma deja al organismo en reposo, sus funciones son drásticamente reducidas y la tensión existente desaparece.

Mientras hablaba, inyectaba el líquido y los ojos de Zedka iban perdiendo brillo.

—Quédate tranquila —le decía Veronika—. Tú eres absolutamente normal. La historia que me contaste sobre el rey...

—No pierda el tiempo. Ella ya no la puede oír. La mujer acostada en la cama, que minutos antes parecía lúcida y llena de vida, ahora tenía los ojos fijos en un punto cualquiera y un liquido espumoso salía de su boca.

—¿Qué es lo que ha hecho? —gritó al enfermero.

—Mi deber.

Veronika empezó a llamar a Zedka, a gritar, a amenazar con la policía, los diarios, los derechos humanos.

—¡Calma! Hasta en un sanatorio es preciso respetar algunas reglas.

Ella vio que el hombre hablaba en serio y tuvo miedo. Pero como no tenía nada que perder, continuó gritando.

Desde donde estaba, Zedka podía ver la enfermería con todas las camas vacías, excepto una, donde reposaba su cuerpo inmovilizado, con una joven contemplándolo espantada. La joven no sabia que aquella persona que yacía en la cama aún mantenía funcionando perfectamente sus funciones biológicas, pero su alma estaba en el aire, casi tocando el techo, experimentando una profunda paz.

Zedka estaba haciendo un viaje astral, algo que le había resultado una sorpresa durante el primer shock insulinico. No lo habla comentado con nadie; estaba allí sólo para curarse la depresión y tenía la intención de dejar aquel lugar para siempre en cuanto sus condiciones se lo permitieran. Si empezaba a explicar que había salido del cuerpo, pensarían que estaba más loca que antes de entrar en Villete. No obstante, en cuanto volvió a su cuerpo, empezó a leer sobre aquellos dos temas: el shock insulínico y la extraña sensación de flotar en el espacio.

No encontró gran información sobre el tratamiento: se había comenzado a aplicar alrededor de 1930, pero con el tiempo fue cesando su práctica en los hospitales psiquiátricos por la posibilidad de causar daños irreversibles en el paciente. Una vez, durante una sesión de shock, había visitado en cuerpo astral el escritorio del doctor Igor, justamente en el momento en que él discutía el tema con algunos de los propietarios del asilo. «¡Es un crimen!», decía él. «Pero es más barato y más rápido», había respondido uno de los accionistas. «Además de eso, ¿quién se interesa por los derechos de un loco? ¡Nadie reclamará nada!»

Aún así, algunos médicos seguían considerándolo

como una forma rápida de tratar la depresión. Zedka había buscado, y pedido prestado, todos los textos posibles que tratasen del shock insulínico, principalmente el relato de pacientes que ya habían pasado por aquello. La historia era siempre la misma: horrores y más horrores, sin que ninguno de ellos hubiese experimentado nada parecido a lo que ella vivía en ese momento.

Dedujo, con toda razón, que no había ninguna relación entre la insulina y la sensación de que su conciencia salía del cuerpo. Muy al contrario, la tendencia de aquel tipo de tratamiento era disminuir la capacidad mental del paciente.

Comenzó a investigar sobre la existencia del alma, pasó por algunos libros de ocultismo, hasta que un día terminó encontrando una vasta literatura que describía exactamente lo que ella experimentaba: se llamaba «viaje astral», y muchas personas ya habían pasado por eso. Algunas decidieron escribir lo que habían sentido, y otras llegaron incluso a desarrollar técnicas para provocar la salida del cuerpo. Zedka ahora conocía estas técnicas de memoria, y las utilizaba todas las noches para ir adonde quería.

Los relatos de los experiencias y visiones eran variados, pero todos tenían algunos puntos en común: el extraño e irritante ruido que precede a la separación del cuerpo y del espíritu, seguido del shock, de una rápida pérdida de la conciencia y luego la paz y alegría de estar flotando en el aire, atada por un cordón plateado al cuerpo, un cordón que podía estirarse indefinidamente, aún cuando corriesen leyendas (en los libros, naturalmente) de que la persona moriría si se dejase romper el tal hilo de plata.

Su experiencia, sin embargo, le había mostrado que

podía ir tan lejos como quisiera y el cordón no se rompía nunca. Pero, en general, los libros habían sido muy útiles para enseñarle a aprovechar cada vez más el viaje astral. Había aprendido, por ejemplo, que cuando quisiera trasladarse de un lugar a otro, tenía que desear proyectarse en el espacio, mentalizando adónde quería llegar. En vez de hacer una trayectoria como los aviones, que salen de un lugar y recorren determinada distancia hasta llegar a otro punto, el viaje astral se hacia a través de túneles misteriosos. Se mentalizaba un lugar, se entraba en el túnel a una velocidad espantosa, y el lugar deseado aparecía.

Fue también a través de los libros que perdió el miedo a las criaturas que habitaban el espacio. Hoy no había nadie en la enfermería, pero la primera vez que había salido de su cuerpo había encontrado a mucha gente mirando y divirtiéndose con su cara de sorpresa.

Su primera reacción había sido pensar que eran muertos, fantasmas que habitaban el lugar. Después, con ayuda de los libros y de la propia experiencia se dio cuenta de que, aunque algunos espíritus desencarnados vagasen por allí, había entre ellos muchas personas tan vivas como ella, que habían desarrollado la técnica de salir del cuerpo, o que no tenían conciencia de lo que estaba sucediendo, porque —en algún lugar de la tierra— dormían profundamente, mientras sus espíritus vagaban libres por el mundo.

Hoy, por ser su último viaje astral con insulina (pues acababa de visitar el despacho del doctor Igor y sabia que estaba a punto de darla de alta) ella había decidido quedarse paseando por Villete. Desde el momento en que cruzase la puerta de salida no pensaba volver nunca más, ni siquiera en espíritu, y quería despedirse ahora.

Despedirse. Ésta era la parte más difícil: una vez en

el manicomio, la persona se acostumbra a la libertad que existe en el mundo de la locura, y termina viciada. Ya no tiene que asumir responsabilidades, luchar por el pan de cada día, cuidar de cosas que son repetitivas y aburridas; puede quedarse horas mirando un cuadro o haciendo los dibujos más absurdos. Todo es tolerable porque, al fin y al cabo, la persona es un enfermo mental. Como la propia Zedka había tenido ocasión de verificar, la mayor parte de los enfermos experimenta una gran mejoría en cuanto es internado: ya no necesita estar escondiendo sus síntomas, y el ambiente «familiar» los ayuda a aceptar sus propias neurosis y psicosis.

Al comienzo, Zedka había quedado fascinada por Villete y hasta llegó a pensar en ingresar en La Fraternidad cuando estuviese curada. Pero se fue dando cuenta de que, con un poco de buen criterio, podía continuar haciendo en el mundo exterior todo lo que le gustaba hacer, mientras afrontaba los desafíos de la vida diaria. Bastaba mantener, como había dicho alguien, la locura controlada: llorar, preocuparse irritarse como cualquier ser humano normal, sin olvidar nunca que, allí arriba, su espíritu se está riendo de todas las situaciones difíciles.

Pronto estaría de regreso a su casa, a sus hijos, a su marido; y esta parte de la vida también tenía sus encantos. Evidentemente tendría dificultades para encontrar trabajo: en una ciudad pequeña como Ljubljana las noticias corren con rapidez, y su internación en Villete era ya conocida por mucha gente. Pero su marido ganaba lo suficiente como para sostener a la familia, y ella podía aprovechar el tiempo libre para continuar haciendo sus viajes astrales sin la peligrosa influencia de la insulina.

Sólo había algo que no quería volver a sentir nunca jamás: el motivo que la había traído a Villete.

Depresión.

Los médicos decían que una sustancia recién descubierta, la serotonina, era una de las responsables por el estado del espíritu del ser humano La falta de serotonina interfería en la capacidad de concentrarse en el trabajo, dormir, comer y disfrutar de los momentos agradables de la vida. Cuando esta sustancia estaba completamente ausente, la persona sentía desesperanza, pesimismo, sensación de inutilidad, cansancio exagerado, ansiedad, dificultad para tomar decisiones, y terminaba sumergiéndose en una tristeza permanente que la conducía a la apatía completa, o al suicidio.

Otros médicos, más conservadores, creían que los cambios bruscos en la vida de alguien —como cambio de país, pérdida de un ser querido, divorcio, aumento de exigencias en el trabajo o en la familia— eran los responsables de la depresión. También algunos estudios modernos, basados en el número de internaciones en el invierno y en el verano, señalaban la falta de luz solar como una de sus posibles causas...

En el caso de Zedka, sin embargo, las razones eran más simples de lo que todos suponían: un hombre escondido en su pasado. O mejor dicho: la fantasía que había creado en torno a un hombre que había conocido mucho tiempo atrás.

Qué absurdo. Depresión, locura por un hombre del que ya ni sabía dónde vivía, del cual se había enamorado perdidamente en su juventud puesto que, como todas las otras chicas de su edad, Zedka era una persona absolutamente normal y necesitaba pasar por la experiencia del Amor Imposible.

Sólo que, al contrario de sus amigas, que apenas soñaban con el Amor Imposible, Zedka había decidido ir más lejos: intentaría conquistarlo. Él vivía al otro lado del océano, y ella vendió todo para ir a su encuentro. Él era casado, y ella aceptó el papel de amante, haciendo planes secretos para conquistarlo un día como marido. Él no tenía tiempo ni para si mismo, pero ella se resignó a pasar días y noches en el cuarto de un hotel barato, esperando sus escasas llamadas telefónicas.

A pesar de estar dispuesta a soportar todo en nombre del amor, la relación no funcionaba. Él nunca se lo dijo directamente, pero un día Zedka comprendió que no era bien recibida, y regresó a Eslovenia.

Pasó algunos meses casi sin comer, recordando cada instante de los que estuvieron juntos, reviviendo miles de veces los momentos de alegría y placer en la cama, intentando descubrir alguna pista que le permitiese tener fe en el futuro de aquella relación. Sus amigos empezaron a preocuparse, pero algo en el corazón de Zedka le decía que aquello era pasajero: el proceso de crecimiento de una persona exige un cierto precio, que ella estaba pagando sin quejarse. Y así fue: cierta mañana se levantó con unas inmensas ganas de vivir, se alimentó como no lo hacía desde mucho tiempo atrás y salió para conseguir empleo.

Y consiguió no sólo empleo, sino las atenciones de un joven guapo, inteligente, cortejado por muchas mujeres. Un año después estaba casada con él.

Despertó la envidia y el aplauso de sus amigas. Los dos se fueron a vivir a una casa confortable, con el jardín orientado hacia el río que cruza Ljubljana. Tuvieron hijos y viajaron por Austria e Italia durante el verano.

Cuando Eslovenia decidió separarse de Yugoslavia, él fue llamado al ejército. Zedka era serbia, o sea «el enemigo» y su vida pareció a punto de desplomarse. En los diez días de tensión subsiguientes, con las tropas listas para enfrentarse y sin que se supiera bien cuáles serian las consecuencias de la declaración de independencia ni la sangre que sería necesario derramar por esa causa, Zedka se dio cuenta de su amor. Pasaba el tiempo entero rezando a un Dios que hasta entonces le había parecido distante, pero que ahora era su Única salida: prometió a los santos y a los ángeles cualquier cosa con tal de tener a su marido de vuelta.

Y así fue. Él retornó, los hijos pudieron ir a escuelas que enseñaban el idioma esloveno, y la amenaza de guerra se desplazó a la vecina república de Croacia.

Pasaron tres años. La guerra de Yugoslavia con Croacia se trasladó a Bosnia, y empezaron a aparecer denuncias de masacres cometidas por los serbios. Zedka consideraba aquello injusto: juzgar criminal a toda una nación por causa de los desvaríos de algunos alucinados. Su vida pasó a tener un sentido que nunca había imaginado: defendió con orgullo y bravura a su pueblo, escribiendo en diarios, apareciendo en la televisión, organizando conferencias. Nada de aquello dio resultado y hasta hoy los extranjeros continuaban pensando que todos los serbios eran responsables por las atrocidades; pero Zedka sabía que había cumplido con su deber y no había abandonado a sus hermanos en un momento difícil. Para ello había contado con el apoyo de su marido esloveno, de sus hijos y de las personas que no eran manipuladas por la maquinaria de propaganda de ambos bandos.

Una tarde pasó delante de la estatua de Preseren, el gran poeta esloveno, y comenzó a pensar sobre su vida. A los 34 años él había entrado una vez en una iglesia donde vio a una muchacha adolescente, Julia Primic, de la cual quedó perdidamente enamorado. Como los antiguos juglares, empezó a escribirle poemas, en la esperanza de casarse con ella.

Sucede que Julia era hija de una familia de la alta burguesía y, con excepción de aquella visión fortuita dentro de la iglesia, Proseren nunca más consiguió aproximarse a ella. Pero aquel encuentro inspiró sus mejores versos y creo la leyenda en torno a su nombre. En la pequeña plaza central de Ljubljana la estatua del poeta mantiene sus ojos fijos en una dirección: quién siga su mirada descubrirá, al otro lado de la plaza, un rostro de mujer esculpido en la pared de una de las casas. Era allí donde vivía Julia; Preseren, aún después de muerto, contempla a su amor imposible.

¿Y si hubiera luchado más?

El corazón de Zedka se aceleró, quizás por el presentimiento de algo malo, como un accidente de sus hijos. Volvió corriendo a la casa: estaban viendo televisión y comiendo palomitas de maíz.

La tristeza, sin embargo, no pasó. Zedka se acostó, durmió casi doce horas seguidas y cuando se despertó, no tenía ganas de levantarse. La historia de Preseren había hecho volver a su mente la imagen de aquel primer amante, de cuyo destino no volvió jamás a tener noticias.

Y Zedka se preguntaba: ¿habré insistido lo suficiente? ¿Debería haber aceptado el papel de amante, en vez de querer que las cosas se amoldasen a mis expectativas? ¿Luché por mi primer amor con la misma fuerza con que he luchado por mi pueblo?

Zedka se convenció de que sí, pero la tristeza no pasaba. Lo que antes le parecía el paraíso —la casa cerca del río, el marido a quien amaba, los hijos comiendo palomitas de maíz delante de la televisión— comenzó a transformarse en un infierno.

Hoy, después de muchos viajes astrales y de muchos encuentros con espíritus desarrollados, Zedka sabía que todo aquello eran tonterías. Había usado su Amor Imposible como una disculpa, un pretexto para romper los lazos con la vida que llevaba y que estaba lejos de ser aquella que verdaderamente esperaba de sí misma.

Pero doce meses atrás la situación era otra: empezó a buscar frenéticamente al hombre distante, gastó fortunas en llamadas internacionales, pero él ya no vivía en la misma ciudad, y fue imposible localizarlo. Mandó cartas por correo expreso, que acababan siendo devueltas. Llamó a todos los amigos y amigas que lo conocían y nadie tenía la menor idea de qué había sido de él.

Su marido no sabía nada, y esto la llevaba a la locura, porque él debía por lo menos sospechar algo, hacer alguna escena, quejarse, amenazar con dejarla tirada en mitad de la calle. Pasó a creer que las oficinas de correos, las telefonistas internacionales y las amigas habían sido sobornadas por él, que fingía indiferencia. Vendió las joyas que le regalaron para su boda y compró un pasaje para el otro lado del océano, hasta que alguien la convenció de que las Américas formaban un territorio inmenso y no servía de nada ir sin saber adónde llegar.

Una tarde ella se acostó, sufriendo por amor como no había sufrido nunca antes, ni siquiera cuando tuvo que volver a la aburrida cotidianeidad de Ljubljana. Pasó aquella noche y todo el día siguiente en su habitación. Y otro más. Al tercero, su marido llamó a un médico. ¡Qué bueno era! ¡Cómo se preocupaba por ella! ¿Sería posible que ese hombre no entendiera que Zedka estaba intentando encontrarse con otro, cometer adulterio, cambiar su vida de mujer respetada por la de una simple amante escondida, dejar Ljubljana, su casa y sus hijos para siempre?

El médico llegó, ella tuvo un ataque de nervios, cerro la puerta con llave y sólo la abrió cuando él se fue.

Una semana después no tenía ganas ni de ir al cuarto de baño, y pasó a hacer sus necesidades fisiológicas en la cama. Ya ni siquiera pensaba, su cabeza estaba completamente absorbida por los fragmentos de memoria del hombre que —estaba convencida— también la buscaba sin conseguir encontrarla.

El marido, irritantemente generoso, cambiaba las sábanas, pasaba la mano por su cabeza, le decía que todo terminaría bien. Los hijos no entraban en el cuarto desde que ella abofeteara a uno de ellos sin el menor motivo, y después se arrodillara, besara sus pies implorando disculpas, rasgando su camisón en pedazos para mostrar su desesperación y arrepentimiento.

Después de otra semana, en el curso de la cual escupió la comida que le ofrecían, entró y salió varias veces de la realidad, pasó noches enteras insomne y días enteros durmiendo, dos hombres entraron en su cuarto sin llamar. Uno de ellos la sujetó, otro le aplicó una inyección y ella se despertó en Villete.

—Depresión —había escuchado que el médico decía a su marido—, a veces provocada por los motivos más banales. Falta un elemento químico, la serotonina, en su organismo.

Desde el techo de la enfermería, Zedka vio llegar al enfermero con una jeringa en la mano. La chica continuaba allí, parada, intentando conversar con su cuerpo, desesperada por su mirada vacía. Durante algunos momentos, Zedka consideró la posibilidad de contarle todo lo que estaba sucediendo, pero después cambió de idea: las personas nunca aprenden nada de lo que les cuentan, necesitan descubrirlo por ellas mismas.

El enfermero colocó la aguja en su brazo e inyectó glucosa. Como empujado por una enorme fuerza, su espíritu salió del techo de la enfermería, pasó a alta velocidad por un túnel negro y retornó al cuerpo.

—¡Hola, Veronika!

La chica estaba horrorizada.

—¿Estás bien?

—Sí. Por suerte he conseguido escapar de este peligroso tratamiento, pero eso ya no se repetirá jamás.

—¿Cómo lo sabes? Aquí no respetan a nadie.

Zedka lo sabía porque había ido bajo la forma de cuerpo astral hasta el escritorio del doctor Igor.

—Lo sé, pero no puedo explicártelo. ¿Te acuerdas de la primera pregunta que te hice?

—»¿Qué es un loco?»

—Exactamente. Esta vez voy a responderte sin fábulas: la locura es la incapacidad de comunicar tus ideas. Como si estuvieras en un país extranjero, viendo todo, entendiendo lo que pasa a tu alrededor, pero incapaz de explicarte y de ser ayudada, porque no entiendes la lengua que hablan allí.

—Todos nosotros ya sentimos eso.

—Todos nosotros, de una manera u otra, somos locos.

Tras la ventana enrejada, el cielo estaba cubierto de
estrellas, con una luna en cuarto creciente subiendo por
detrás de las montañas. A los poetas les gustaba la luna
llena, escribían miles de versos sobre ella, pero Veronika
estaba enamorada de aquella media luna, porque aún tenía
espacio para aumentar, expandirse, llenar de luz toda su
superficie, antes de la inevitable decadencia.

Tuvo ganas de ir hasta el piano de la sala de estar y
celebrar aquella noche con una linda sonata que había
aprendido en el colegio; mirando al cielo tenía una
indescriptible sensación de bienestar, como si lo infinito
del Universo mostrase también su propia eternidad. Pero
estaba separada de su deseo por una puerta de acero y
una mujer que nunca terminaba de leer su libro. Además,
nadie tocaba el piano a aquella hora de la noche, pues
terminaría despertando a todo el vecindario.

Veronika se rió. «El vecindario» eran las enfermerías
repletas de locos, estos locos, a su vez, repletos de
medicinas para dormir.

La sensación de bienestar, sin embargo, continuaba.
Se levantó y se dirigió a la cama de Zedka, pero ella
estaba durmiendo profundamente, tal vez para
recuperarse de la horrible experiencia que acababa de
pasar.

—Vuelva a su cama —dijo la enfermera—. Las chicas
buenas están soñando con los angelitos o con los
enamorados.

—No me trate como a un niño. No soy una loca
mansa, que tiene miedo de todo. Soy furiosa, tengo
ataques histéricos, no respeto ni mi vida ni la de los otros.
Hoy, entonces, estoy atacada. Miré a la luna y quiero

conversar con alguien.

La enfermera la miró, sorprendida por la reacción.

—¿Me tiene miedo? —insistió Veronika—. Faltan uno o dos días para mi muerte, así que ¿qué puedo perder?

—¿Por qué no va a dar un paseo, jovencita, y me deja terminar el libro?

—Porque existe una prisión, y una carcelera que finge leer un libro, sólo para mostrar a los otros que es una mujer inteligente. En realidad, sin embargo, ella está atenta a cada movimiento dentro de la enfermería y guarda las llaves de la puerta como si fuesen un tesoro. El reglamento debe de decir eso, y ella obedece, porque así puede mostrar la autoridad que no tiene en su vida diaria, con su marido y sus hijos.

Veronika temblaba, sin entender bien por qué.

—¿Llaves? —preguntó la enfermera—. La puerta está siempre abierta. ¿Se cree que voy a quedarme aquí dentro, encerrada con una banda de enfermas mentales?

¡Cómo que la puerta está abierta? Hace unos días yo quise salir de aquí y esta mujer fue hasta el lavabo para vigilarme. ¿Qué es lo que dice ahora?»

—No me tome en serio —continuó la enfermera—. La verdad es que no necesitamos tener mucho control, gracias a las pastillas para dormir. ¿Está temblando de frío?

—No sé, debe ser algo relacionado con mi corazón.

—Si quiere vaya a dar su paseo.

—En verdad lo que me gustaría realmente sería tocar el piano.

—La sala está aislada y su piano no molestaría a nadie. Haga lo que le venga a gusto.

El temblor de Veronika se transformó en sollozos, bajos, tímidos, contenidos. Se arrodilló y colocó su cabeza en el regazo de la mujer, llorando sin parar.

La enfermera dejó el libro y acarició sus cabellos, dejando que la oleada de tristeza y llanto fuera desapareciendo naturalmente. Allí se quedaron las dos, durante casi media hora: una que lloraba sin decir por qué, la otra que consolaba sin saber el motivo.

Los sollozos finalmente terminaron. La enfermera la levantó, tomándola por el brazo, y la llevó hasta la puerta.

—Tengo una hija de tu edad. Cuando llegaste aquí, llena de sueros y tubos, me puse a pensar por qué una chica bonita, joven, que tiene una vida por delante, había decidido matarse. Pronto comenzaron a correr historias: la carta que dejó (y que nunca creí que fuera el verdadero motivo) y los días contados por causa de un problema incurable del corazón. La imagen de mi hija no salía de mi cabeza: ¿y si ella decidiese hacer algo parecido? ¿Por qué ciertas personas intentan ir en contra del orden natural de la vida, que es luchar para sobrevivir de cualquier manera?

—Por eso estaba llorando —dijo Veronika—. Cuando tomé las pastillas yo quería matar a alguien que detesta
No sabía que existían, dentro de mi, otras Veronikas a las que yo sabría amar.

—¿Qué es lo que hace que una persona se deteste a sí misma?

—Quizás la cobardía. O el eterno miedo de equivocarse, de no hacer lo que los otros esperan. Hace algunos minutos yo estaba alegre, había olvidado mi sentencia de muerte; cuando volví a entender la situación en que me encuentro, me asusté.

La enfermera abrió la puerta y Veronika salió.

«Ella no podía haberme preguntado eso. ¿Qué quería, entender por qué lloré? ¿Acaso no sabe que soy una persona absolutamente normal, con deseos y miedos comunes a todo el mundo, y que ese tipo de pregunta —ahora que ya es tarde— puede hacerme entrar en pánico?»

Mientras caminaba por los corredores, iluminados por la misma débil lámpara que había en la enfermería, Veronika se daba cuenta de que era demasiado tarde: ya no conseguía controlar su miedo.

«Tengo que dominarme. Soy alguien que lleva hasta el fin cualquier cosa que decide hacer.»

Era verdad que había llevado hasta las últimas consecuencias muchas cosas en su vida, pero sólo lo que no era importante (como prolongar enfados que un pedido de disculpas resolvería, o dejar de telefonear a un hombre del que estaba enamorada, por considerar que aquella relación no la llevaría a ninguna parte). Había sido intransigente justamente en aquello que era más fácil: mostrarse a sí misma su fuerza e indiferencia, cuando en verdad era una mujer frágil, que jamás había conseguido destacarse en los estudios, ni en las competiciones deportivas de su escuela, ni en su tentativa de mantener la armonía en su hogar.

Había superado sus defectos simples sólo para ser derrotada en las cosas importantes y fundamentales. Había conseguido tener la apariencia de mujer independiente cuando en verdad necesitaba desesperadamente una compañía. Llegaba a los sitios y todos la miraban, pero generalmente terminaba la noche sola, en el convento, mirando un televisor que ni siquiera sintonizaba bien los canales. Había dado a todos sus amigos la impresión de ser un modelo que ellos debían envidiar, y había gastado lo mejor de sus energías en comportarse a la altura de la imagen que ella se había creado.

Por causa de eso nunca le habían sobrado fuerzas para

ser ella misma: una persona que, como todas las de este mundo, necesitaba de los otros para ser feliz. ¡Pero los otros eran tan difíciles! Tenían reacciones imprevistas, vivían rodeados de defensas, actuaban también como ella, mostrando indiferencia en todo. Cuando llegaba alguien más abierto a la vida, o lo rechazaban inmediatamente o lo hacían sufrir, considerándolo inferior e ingenuo.

Muy bien: podía haber impresionado a mucha gente con su fuerza y determinación ¿pero adónde había llegado? Al vacío. A la soledad completa. A Villete. A la antesala de la muerte.

El remordimiento por la tentativa de suicidio volvió a aparecer, y Veronika volvió a apartarlo con firmeza. Porque ahora estaba sintiendo algo que nunca se había permitido sentir: odio.

Odio. Algo casi tan físico como paredes, o pianos, o enfermeras. Casi podía tocar la energía destructora que salía de su cuerpo. Dejó que el sentimiento llegase sin preocuparse si era bueno o no; ya bastaba de autocontrol, de máscaras, de posturas convenientes. Veronika quería ahora pasar sus dos o tres días de vida siendo lo más inconveniente posible.

Había empezado dando un bofetón en el rostro de un hombre mayor, había tenido un ataque con el enfermero, se había rehusado a ser simpática y conversar con los otros cuando quería estar sola, y ahora era lo suficientemente libre como para sentir odio, aunque también lo suficientemente lista como para no empezar a romper todo a su alrededor y tener que pasar el final de su vida bajo el efecto de sedantes en una cama de la enfermería.

Odió todo lo que pudo en aquel momento. A sí misma, al mundo, a la silla que tenía enfrente, a la calefacción rota en uno de los corredores, a las personas perfectas, a los criminales. Estaba internada en un psiquiátrico y podía sentir cosas que los seres humanos esconden de sí mismos, porque todos somos educados sólo para amar, aceptar, intentar descubrir una salida, evitar el conflicto. Veronika odiaba todo, pero odiaba principalmente la manera como había conducido su vida, sin descubrir jamás los centenares de otras Veronikas que habitaban dentro de ella y que eran interesantes, locas, curiosas, valientes, arriesgadas.

En un momento dado comenzó también a sentir odio por la persona que más amaba en el mundo: su madre. La excelente esposa que trabajaba de día y lavaba los platos de noche, sacrificando su vida para que su hija tuviese una buena educación, supiese tocar el piano y el violín, se vistiese como una princesa, comprase zapatillas y tejanos de marca mientras ella remendaba el viejo vestido que usaba desde hacía años.

¿Cómo puedo odiar a quien sólo me dio amor? pensaba Veronika, confusa, queriendo corregir sus sentimientos. Pero ya era demasiado tarde, el odio estaba liberado, ella había abierto las puertas de su infierno personal. Odiaba el amor que le había sido dado, porque no pedía nada a cambio, lo que es absurdo, irreal, contrario a las leyes de la naturaleza.

El amor que no pedía nada a cambio conseguía llenarla de culpa, de ganas de corresponder a sus expectativas aunque eso significara abandonar todo lo que había soñado para ella misma. Era un amor que había intentado esconderle, durante años, los desafíos y la podredumbre del mundo, ignorando que un día ella se daría cuenta de eso y no tendría fuerzas para enfrentarlos.

¿Y su padre? Odiaba a su padre, también. Porque, al contrario de su madre que trabajaba todo el tiempo, él sabía vivir, la llevaba a los bares y al teatro, se divertían juntos, y cuando aún era joven ella lo había amado en secreto, no como se ama a un padre, sino a un hombre. Lo odiaba porque siempre había sido tan encantador y tan abierto con todo el mundo, menos con su madre, la única que realmente merecía lo mejor.

Odiaba todo. La biblioteca, con su montaña de libros llenos de explicaciones sobre la vida, el colegio donde había sido obligada a gastar noches enteras aprendiendo álgebra, aunque no conociese ninguna persona —excepto los profesores y los matemáticos— que necesitase del álgebra para ser más feliz. ¿Por qué le habían hecho estudiar tanta álgebra, y geometría, y toda aquella serie de cosas absolutamente mutiles?

Veronika empujó la puerta de la sala de estar, se acercó al piano, abrió su tapa y, con toda su fuerza, golpeó con las manos el teclado: un acorde loco, sin nexo, irritante, que resonaba por el ambiente vacío, chocaba en las paredes y regresaba a sus oídos bajo la forma de un ruido agudo que parecía arañar su alma. Pero eso era el mejor retrato de su alma en aquel momento.

Volvió a golpear con las manos y nuevamente las notas disonantes reverberaron por todas partes.

«Soy una loca. Puedo hacer esto. Puedo odiar y puedo aporrear el piano. ¿Desde cuándo los enfermos mentales saben colocar las notas en orden?»

Golpeó el piano una, dos, diez, veinte veces, y cada vez que lo hacía su odio parecía disminuir, hasta que pasó por completo.

Entonces, nuevamente, la inundó una profunda paz y Veronika volvió a contemplar el cielo estrellado, con la luna en cuarto creciente —su favorita— llenando con suave luz el lugar donde se encontraba. Retornó la sensación de que el Infinito y la Eternidad eran inseparables, y bastaba contemplar a uno de ellos —como el Universo sin límites— para notar la presencia del otro, el Tiempo que no termina nunca, que no pasa, que permanece en el Presente, donde están todos los secretos de la vida. En el breve lapso transcurrido entre la enfermería y la sala, ella había sido capaz de odiar, tan fuerte y tan intensamente que no le habían quedado rastros de rencor en el corazón. Había dejado que sus sentimientos negativos, reprimidos durante años en su alma, salieran finalmente a la superficie. Ella los había sentido, y ahora ya no los necesitaba más: podían partir.

Se quedó en silencio, viviendo su instante Presente, dejando que el amor ocupase el espacio vacío que había ocupado el odio. Cuando sintió llegado el momento, miró a la luna y tocó una sonata en su homenaje, sabiendo que ella la escuchaba, se sentía orgullosa y esto provocaba los celos de las estrellas. Tocó entonces una música para las estrellas, otra para el jardín y una tercera para las montañas que no podía ver de noche pero sabía que estaban allí.

En medio de la música para el jardín, otro loco apareció: Eduard, un esquizofrénico sin ninguna posibilidad de curación. Ella no se asustó con su presencia; por el contrario, sonrió y, para su sorpresa, él le devolvió la sonrisa.

También en su mundo distante, más distante que la propia luna, la música era capaz de penetrar y hacer milagros.

«Tengo que comprar un llavero nuevo» pensaba el doctor Igor mientras abría la puerta de su pequeño consultorio en el Sanatorio de Villete. El antiguo se estaba cayendo a pedazos, y el pequeño escudo de metal que lo adornaba se acababa de caer al suelo.

El doctor Igor se inclinó y lo recogió. ¿Qué haría con este escudo, que mostraba el blasón de Ljubljana? Sería mejor tirarlo. Claro que también podía hacerlo arreglar y pedir que le hicieran una nueva presilla de cuero, o podía dárselo a su nieto, para jugar. Ambas alternativas le parecieron absurdas; un llavero era muy barato, y su nieto no tenía el menor interés en escudos. Se pasaba el tiempo viendo televisión o divirtiéndose con juegos electrónicos importados de Italia. A pesar de eso, no lo tiró, sino que lo guardó en el bolsillo para decidir más tarde lo que haría.

Por eso era el director de un sanatorio y no un paciente; porque reflexionaba mucho antes de tomar cualquier decisión.

Encendió la luz; amanecía cada vez más tarde a medida que avanzaba el invierno. La ausencia de luz, así como los cambios de casa o los divorcios eran los principales responsables por el aumento del número de casos de depresión. El doctor Igor deseaba intensamente que la primavera llegase pronto y resolviese sus problemas.

Consultó la agenda del día. Tenía que tomar algunas medidas para impedir que Eduard muriese de hambre; su esquizofrenia lo tornaba imprevisible, y ahora había dejado de comer por completo. El doctor Igor ya había recetado alimentación endovenosa, pero no podía

mantener aquello para siempre; Eduard tenía 28 años y
era fuerte, pero a pesar del suero terminaría consumido,
con aspecto esquelético.

¿Y cuál sería la reacción de su padre, uno de los más
conocidos embajadores de la joven república eslovena,
uno de los artífices de las delicadas negociaciones con
Yugoslavia en los comienzos de los años noventa? Al
fin de cuentas este hombre había conseguido trabajar
durante años para Belgrado, había sobrevivido a sus
detractores —que lo acusaban de haber servido al
enemigo— y continuaba en el cuerpo diplomático, sólo
que ahora representando a un país diferente. Era un
hombre poderoso e influyente, temido por todos.

El doctor Igor se preocupó un instante —como antes
se había preocupado por el escudo del llavero— pero
pronto alejó el pensamiento de su cabeza: al embajador
no le importaba mucho que su hijo tuviera buena o mala
apariencia; no tenía intención de llevarlo a fiestas
oficiales, ni hacer que lo acompañase a los diversos
lugares donde era designado representante del Gobierno.
Eduard estaba en Villete, y allí se quedaría para siempre,
o por lo menos durante el tiempo que su padre continuara
ganando aquellos enormes salarios.

El doctor Igor decidió que retiraría la alimentación
endovenosa de Eduard y lo dejaría enflaquecer un poco
más hasta que tuviese, por sí mismo, deseos de volver a
comer. Si la situación empeorase, haría un informe y
pasaría la responsabilidad al consejo de médicos que
administraba Villete. «Si no quieres entrar en apuros,
divide siempre la responsabilidad» le había enseñado su
padre, también un médico que había tenido varias muertes
en sus manos, pero ningún problema con las autoridades.

Una vez recetada la interrupción del medicamento

de Eduard, el doctor Igor pasó al próximo caso: el informe
decía que la paciente Zedka Mendel ya había terminado
su período de tratamiento y podía recibir el alta. El doctor
Igor lo quería comprobar con sus propios ojos: al fin y
al cabo, nada peor para un médico que recibir quejas de
la familia de los enfermos que pasaban por Villete. Y
eso sucedía con bastante frecuencia, pues después de un
período en un hospital para enfermos mentales,
difícilmente un paciente conseguía adaptarse de nuevo a
la vida normal.

La culpa no era del sanatorio, ni de ninguno de todos
los sanatorios dispersos (sólo el buen Dios lo sabía) por
el mundo entero, donde el problema de readaptación de
los internos era exactamente igual. Así como la prisión
nunca corregía al preso (se limitaba a enseñarle a cometer
más crímenes) los sanatorios hacían que los enfermos se
acostumbrasen a un mundo totalmente irreal, donde todo
era permitido y nadie necesitaba ser responsable de sus
actos.

De modo que sólo restaba una salida: descubrir la
cura para los desvíos de la mente. Y el doctor Igor estaba
empeñado en eso hasta la raíz de los cabellos,
desarrollando una tesis que revolucionaría al mundo
psiquiátrico. En los asilos, los enfermos transitorios en
convivencia con los pacientes irrecuperables iniciaban
un proceso de degeneración social que, una vez
comenzado, era imposible detener. La tal Zedka Mendel
terminaría volviendo al hospital —esta vez por voluntad
propia, quejándose de males inexistentes, sólo para estar
cerca de personas que parecían comprenderla mejor que
el mundo exterior.

Si él descubría, no obstante, cómo combatir el Vitriolo
(para el doctor Igor, el veneno responsable de la locura)
su nombre entraría en la Historia, y Eslovenia sería

colocada definitivamente en el mapa. Aquella semana
se le había presentado una oportunidad caída del cielo
bajo la forma de una suicida potencial, y él no estaba
dispuesto a desperdiciar esa oportunidad por nada del
mundo.

El doctor Igor se puso contento. Aunque, por razones
económicas, continuase obligado a aceptar tratamientos
que habían sido hace mucho tiempo condenados por la
medicina (como el shock insulínico) también por motivos
financieros Villete estaba innovando el tratamiento
psiquiátrico. Además de tener tiempo y elementos para
la investigación del Vitriolo, él contaba también con el
apoyo de los propietarios para mante-ner en el hospital
el grupo llamado «La Fraternidad». Los accionistas de
la institución habían permitido que fuese tolerada (nótese
bien, no alentada, sino tolerada) una internación mayor
que el tiempo necesario. Argumentaban que, por razones
humanitarias, se debía dar al recién curado la opción de
decidir cuál era el mejor momento para reintegrarse al
mundo, y eso había permitido que un grupo de personas
decidiera permanecer en Villete, como en un hotel
selectivo o un club donde se reúnen aquellos que tienen
afinidades en común. Así el doctor Igor conseguía
mantener locos y sanos en el mismo ambiente, haciendo
que los últimos influyeran positivamente a los primeros.
Para evitar que las cosas degenerasen, y los locos
terminasen contagiando negativamente a los ya curados,
todo miembro de La Fraternidad debía salir del sanatorio
por lo menos una vez al día.

El doctor Igor sabía que los motivos dados por los
accionistas para permitir la presencia de personas curadas
en el asilo, «razones humanitarias», eran sólo una
disculpa. Ellos tenían miedo de que Ljubljana, la pequeña

y encantadora capital de Eslovenia, no tuviese un número
suficiente de locos ricos, capaces de mantener toda
aquella estructura cara y moderna. Además, el sistema
de salud pública contaba con asilos de primera calidad,
lo que dejaba a Villete en situación de desventaja ante el
mercado de problemas mentales.

Cuando los accionistas transformaron el antiguo
cuartel en un sanatorio, tenían como público objetivo
los posibles hombres y mujeres afectados por la guerra
con Yugoslavia. Pero la guerra había durado muy poco.
Los accionistas apostaron que volvería, pero no volvió.

Más tarde, en una reciente investigación, descubrieron
que las guerras causaban sus victimas mentales pero en
escala mucho menor que la tensión, el tedio, las
enfermedades congénitas, la soledad y el rechazo.
Cuando una colectividad tenía que enfrentar un gran
problema (como el caso de una guerra, una hiperinflación
o una epidemia) se notaba un pequeño aumento en el
número de suicidios, pero una gran disminución en los
casos de depresión, paranoia y psicosis. Éstos volvían a
sus índices normales en cuanto el tal problema era
superado, indicando —así lo entendía el doctor Igor—
que el ser humano sólo se da el lujo de ser loco cuando
las condiciones se lo permiten.

Tenía ante sus ojos otra investigación reciente, esta
vez procedente del Canadá, considerado recientemente
por un diario americano como el país cuyo nivel de vida
era el más elevado del mundo. El doctor Igor leyó:

* *De acuerdo con la «Statistics Canada», ya sufrieron
  algún tipo de enfermedad mental:*
  40% de las personas entre 15 y 34 años;
  33% de las personas entre 35 y 54 años;
  20% de las personas entre 55 y 64 años.

* *Se estima que uno de cada cinco individuos sufre algún tipo de desorden psiquiátrico.*
* *Uno de cada ocho canadienses será hospitalizado por disturbios mentales por lo menos una vez en la vida.*

«Excelente mercado, mejor que aquí», pensó. «Cuanto más felices pueden ser las personas, más infelices se vuelven.»

El doctor Igor analizó algunos casos más, ponderando cuidadosamente cuáles debía dividir con el Consejo y cuáles podía resolver solo. Cuando terminó, el día había despuntado por completo, y él apagó la luz.

Después mandó entrar a la primera visita, la madre de la paciente que había intentado suicidarse.

—Soy la madre de Veronika. ¿Cómo está mi hija?

El doctor Igor pensó si debía decir la verdad y evitarle sorpresas inútiles; al fin y al cabo, él tenía una hija con el mismo nombre. Pero decidió callarse.

—Aún no lo sabemos —mintió—. Necesitamos una semana mas.

—No entiendo por qué Veronika hizo eso —decía la mujer, entre sollozos—. Somos unos padres cariñosos, hemos intentado darle, a costa de mucho sacrificio, la mejor educación posible. Aunque tuviésemos nuestros problemas conyugales, mantuvimos a nuestra familia unida, como ejemplo de perseverancia ante las adversidades. Ella tiene un buen empleo, no es fea, y a pesar de eso...

—... y a pesar de eso intentó matarse —la interrumpió el doctor Igor—. No se sorprenda, señora mía, es así. Las personas son incapaces de entender la felicidad. Si lo desea, puedo mostrarle las estadísticas de Canadá.

—¿Canadá?

La mujer lo miró sorprendida. El doctor Igor vio que había conseguido distraerla, y continuó:

—Vea bien: usted viene aquí no para saber cómo está su hija, sino para disculparse por el hecho de que intentó suicidarse. ¿Cuántos años tiene ella?

—Veinticuatro.

—Es decir, una mujer madura, vivida, que ya sabe bien lo que desea y es capaz de hacer sus elecciones. ¿Qué tiene que ver eso con su casamiento o con el sacrificio que usted y su marido hicieron? ¿Cuánto tiempo hace que ella vive sola?

—Seis años.

—¿Lo ve? Independiente hasta la raíz del alma. Pero porque un médico austríaco —el doctor Sigmund Freud, estoy seguro de que usted habrá oído hablar de él— escribió sobre estas relaciones enfermizas entre padres e hijos, hasta hoy todo el mundo se culpa de todo. ¿Acaso los indios piensan que un hijo que se volvió asesino es una víctima de la educación de los padres? ¡Contésteme!

—No tengo la menor idea —respondió la mujer, cada vez más sorprendida con el médico. Quizás él se hubiese contagiado de sus propios pacientes.

—Pues voy a darle la respuesta —dijo el doctor Igor—. Los indios piensan que el asesino es culpable, y no la sociedad, ni sus padres ni sus antepasados. ¿Se suicidan los japoneses porque un hijo de ellos decidió drogarse y salir disparando? La respuesta también es la misma: ¡No! Y vea que, según me consta, los japoneses se suicidan por cualquier cosa; sin ir más lejos, el otro día leí una noticia de que un joven se mató porque no consiguió pasar el examen de ingreso en la universidad.

—¿Podré hablar con mi hija? —preguntó la mujer, que no estaba interesada en japoneses, indios ni canadienses.

—Enseguida —dijo el doctor Igor, medio irritado con la interrupción—. Pero antes quiero que entienda usted una cosa: dejando aparte algunos casos patológicos graves, las personas enloquecen cuando intentan huir de la rutina. ¿Lo ha entendido?

—Lo entendí muy bien —respondió ella—. Y si usted piensa que no seré capaz de cuidar de ella puede quedarse tranquilo: yo nunca intenté cambiar mi vida.

—Qué bien —el doctor Igor mostraba un cierto alivio—. ¿Imagina usted un mundo en el que, por ejemplo, no estuviésemos obligados a repetir todos los días de nuestras vidas lo mismo? Si decidiéramos, por ejemplo, comer solamente cuando tuviéramos hambre: ¿cómo se organizarían las dueñas de casa y los restaurantes?

«Sería más normal comer sólo cuando tuviésemos hambre» pensó la mujer, pero no dijo nada, por miedo de que le prohibiesen hablar con Veronika.

—Sería una confusión muy grande —dijo ella—. Yo soy dueña de casa y lo comprendo muy bien.

—Entonces tenemos el desayuno, el almuerzo y la cena. Tenemos que despertarnos a una determinada hora todos los días, y descansar una vez a la semana. Existe la Navidad para hacer regalos, la Pascua para pasar tres días en el lago. ¿A usted le gustaría que su marido, sólo porque le entró un arrebato de pasión, quisiera hacer el amor en la sala?

«¿De qué está hablando este hombre? ¡Yo vine aquí para ver a mi hija!»

—Me entristecería —respondió ella, con mucho cuidado, esperando haber acertado.

—Muy bien —bramó el doctor Igor—. El lugar de hacer el amor es la cama. Si no, estaríamos todos dando mal ejemplo y diseminando la anarquía.

—¿Puedo ver a mi hija? —interrumpió la mujer.

El doctor Igor se resignó Esta campesina nunca entendería de lo que estaba hablando, no estaba interesada en discutir la locura desde el punto de vista filosófico, aun sabiendo que su hija había hecho una muy seria tentativa de suicidio y entrado en coma.

Tocó un timbre y apareció su secretaria.

—Mande llamar a la chica del suicidio —dijo—. Aquella de la carta a los diarios, diciendo que se mataba para mostrar dónde estaba Eslovenia.

—No quiero verla. Ya he cortado mis lazos con el mundo.

Había resultado difícil decir eso allí en la sala de estar, en presencia de todo el mundo. Pero el enfermero tampoco había sido discreto, pues avisó en voz alta que su madre la estaba esperando, como si fuese un asunto que interesase a todos.

No quería ver a la madre porque las dos sufrirían. Era mejor que ya la considerase muerta. Veronika siempre había odiado las despedidas.

El enfermero se fue y ella volvió a contemplar las montañas. Después de una semana de ausencia, el sol había finalmente retornado, y ella ya lo sabía desde la noche anterior porque se lo había dicho la luna mientras tocaba el piano.

«No, eso es locura, estoy perdiendo el control. Los astros no hablan, excepto para aquellos que se dicen astrólogos. Si la luna conversó con alguien fue con aquel esquizofrénico.»

No había terminado de pensar eso cuando sintió un pinchazo en el pecho y su brazo se quedó dormido. Veronika vio rodar el techo: ¡el ataque al corazón!

Entró en una especie de euforia, como si la muerte la liberase del miedo a morir. ¡Listo, ya se acababa todo! Quizás sentiría algún dolor, pero ¿qué eran cinco minutos de agonía a cambio de una eternidad en silencio? La única actitud que tomó fue la de cerrar los ojos; lo que más la horrorizaba era ver, en las películas, los ojos abiertos de los muertos.

Pero el ataque al corazón parecía ser diferente de lo que había imaginado; la respiración comenzó a ser dificultosa y, aterrorizada, Veronika se dio cuenta de que estaba a punto de sentir el peor de sus miedos: la asfixia. Iba a morir como si estuviese siendo enterrada viva o fuese lanzada de repente al fondo del mar.

Se tambaleó y cayó, sintiendo un fuerte golpe en su rostro. Continuó haciendo un esfuerzo enorme para respirar, pero el aire no entraba. Y lo peor de todo es que la muerte no venía, estaba enteramente consciente de lo que ocurría a su alrededor, continuaba viendo los colores y las formas. Tenía dificultad apenas para escuchar lo que los otros le decían; los gritos y exclamaciones parecían distantes, como venidos de otro mundo. Aparte de eso todo lo demás era real, el aire no venía, simplemente no obedecía a las órdenes de sus pulmones y de sus músculos, y la conciencia no desaparecía.

Sintió que alguien la tomaba y la giraba de espaldas, pero ahora había perdido el control del movimiento de los ojos, que giraban sin sentido, enviando centenares de imágenes diferentes a su cerebro y mezclando la sensación de sofoco con una completa confusión visual.

Poco a poco las imágenes fueron haciéndose también distantes y, cuando la agonía alcanzó su punto máximo, el aire finalmente entró, emitiendo un ruido tremendo, que hizo que todos en la sala quedaran paralizados de miedo.

Veronika empezó a vomitar descontroladamente. Pasado el momento de la casi tragedia, algunos locos comenzaron a reírse de la escena, y ella se sintió humillada, perdida, incapaz de reaccionar.

Un enfermero entró corriendo y le aplicó una inyección en el brazo.

—Tranquila, que ya pasó.

—¡No me he muerto! —comenzó ella a gritar, avanzando en dirección a los internos y ensuciando el suelo y los muebles con su vómito—. ¡Continúo en esta porquería de hospicio, obligada a convivir con ustedes, viviendo mil muertes cada día, cada noche, sin que na se apiade de mi!

Se volvió hacia el enfermero, arrancó la jeringa de su mano y la tiró en dirección al jardín.

—¿Qué es lo que quieres? ¿Por qué no me inyectas veneno, sabiendo que ya estoy condenada? ¿No tienes sentimientos?

Sin conseguir controlarse, se volvió a sentar en el suelo y empezó a llorar compulsivamente, gritando, sollozando alto, mientras algunos internos reían y hacían comentarios sobre su ropa, completamente sucia.

—¡Déle un calmante! —dijo una médica entrando apresurada—. ¡Controle la situación!

El enfermero, sin embargo, estaba paralizado. La

médica volvió a salir y regresó con dos enfermeros más y una nueva jeringa. Los hombres sujetaron a la criatura histérica que se debatía en medio de la sala mientras la médica aplicaba hasta la última gota de calmante en la vena de un brazo inmundo.

Estaba en el consultorio del doctor Igor, acostada en una cama inmaculadamente blanca, con la sábana nueva.

Él ascultaba su corazón. Ella fingió que aún seguía dormida, pero algo dentro del pecho había cambiado, porque el médico habló con la certeza de que estaba siendo oído.

—Quédese tranquila —dijo—. Con la salud que tiene, puede vivir cien años.

Veronika abrió los ojos. Alguien había cambiado su ropa. ¿Habría sido el doctor Igor?¿La habría visto desnuda? Su cabeza no funcionaba aún bien.

—¿Qué es lo que ha dicho?

—Le dije que podía estar tranquila.

—No. Usted dijo que viviría cien años.

El médico fue hasta su mesa.

—Usted dijo que yo viviría cien años —insistió Veronika.

—En medicina nada es definitivo —disimuló el doctor Igor—. Todo es posible.

—¿Cómo está mi corazón?

—Igual.

Entonces no necesitaba ya nada. Los médicos ante

un caso grave dicen: «usted conseguirá vivir cien años» o «no es nada serio o usted tiene un corazón y una presión de niño», o también «tenemos que repetir los exámenes». Parece que temen que el paciente vaya a destrozar todo el consultorio.

Ella intentó levantarse pero no lo consiguió: la sala entera había comenzado a rodar.

—Quédese ahí un poco más, hasta que se sienta mejor. Usted no me molesta.

«¡Qué bien»!. pero Veronika. «¿Pero y si molestara?»

Como médico experimentado que era, el doctor Igor permaneció en silencio algún tiempo, fingiéndose interesado en los papeles que estaban en su mesa. Cuando estamos delante de otra persona y ella no nos dice nada, la situación se torna irritante, tensa, insoportable. El doctor Igor tenía la esperanza de que la chica empezara a hablar y él pudiera recoger más datos para su tesis sobre la locura y el método de curación que estaba desarrollando.

Pero Veronika no dijo ni una palabra. «Quizás ya esté en un grado de envenenamiento demasiado grande por el Vitriolo», pensó el doctor Igor, mientras se decidía a romper el silencio, que se estaba volviendo tenso, irritante, insoportable.

—Parece que le gusta tocar el piano —dijo, procurando ser lo más casual posible.

—Y a los locos les gusta oírlo. Ayer hubo uno que se quedó enganchado. escuchando.

—Eduard. El comentó con alguien que le había encantado. A lo mejor eso ayuda a que vuelva a alimentarse como una persona normal.

—¿A un esquizofrénico puede gustarle la música? ¿Y comentarlo con los otros?

—Sí. Y apuesto a que usted no tiene la menor idea de lo que está diciendo.

Aquel médico (que más parecía un paciente, con sus cabellos teñidos de negro) tenía razón. Veronika había escuchado la palabra muchas veces pero no tenía idea de lo que significaba.

—¿Puede curarse? —quiso saber, intentando obtener más informaciones sobre el tema.

—Puede controlarse. Aún no se sabe bien lo que pasa en el mundo de la locura: todo es nuevo, y los procesos cambian cada década. Un esquizofrénico es una persona que ya tiene una tendencia natural para ausentarse de este mundo, hasta que un hecho —grave o superficial, dependiendo de cada caso— hace que cree una realidad sólo para él. El caso puede evolucionar hasta una ausencia completa —lo que llamamos catatonia— o puede ir mejorando hasta permitir al paciente trabajar y llevar una vida prácticamente normal. Depende de una sola cosa: el ambiente.

—Crear una realidad sólo para él —repitió Veronika—. ¿Qué es la realidad?

—Es lo que la mayoría de la gente consideró que debía ser. No necesariamente lo mejor, ni lo más lógico, sino lo que se adaptó al deseo colectivo. ¿Usted ve lo que llevo alrededor del cuello?

—Una corbata.

—Muy bien. Su respuesta es lógica y coherente, propia de una persona absolutamente normal: «una corbata».

«Un loco, sin embargo, diría que yo tengo alrededor del cuello una tela de colores, ridícula, inútil, atada de una manera complicada, que termina dificultando los movimientos de la cabeza y exigiendo un esfuerzo mayor para que el aire pueda penetrar en los pulmones. Si yo me distrajera estando cerca de un ventilador, podría morir estrangulado por esa tela.

«Si un loco me preguntara para qué sirve una corbata, yo tendría que responderle: para absolutamente nada. Ni siquiera para adornar, porque hoy en día se ha tornado el símbolo de la esclavitud, del poder, del distanciamiento. La única utilidad de la corbata consiste en llegar a la casa y poder sacárnosla, dándonos la sensación de que estamos libres de algo que no sabemos que es.

¿Pero la sensación de alivio justifica la existencia de la corbata? No. Aun así, si yo pregunto a un loco y a una persona normal qué es eso, será considerado sano aquel que responda: «una corbata». No importa quién dice la verdad, importa quién tiene razón.

—De donde usted dedujo que no estoy loca, pues di el nombre adecuado a la tela de colores.

«No, usted no es loca», pensó el doctor Igor, una autoridad en el tema, con varios diplomas colgados en la pared de su consultorio. Atentar contra la propia vida era propio del ser humano. Conocía mucha gente que lo hacía, y aun así continuaba en su vida de relación exterior aparentando inocencia y normalidad, sólo porque no habían elegido el escandaloso método del suicidio. Se mataban lentamente, envenenándose con aquello que el doctor Igor llamaba Vitriolo.

El Vitriolo era un producto tóxico cuyos síntomas él había identificado en sus conversaciones con los hombres y mujeres que conocía. Estaba ahora escribiendo una tesis sobre el asunto, que sometería a la Academia de Ciencias de Eslovenia para su estudio. Era el paso más importante en el campo de la insania mental, desde que el doctor Pinel mandara retirar las cadenas que aprisionaban a los enfermos, estremeciendo al mundo de la medicina con la idea de que algunos de ellos tenían posibilidades de curación.

Al igual que la libido —una reacción química responsable del deseo sexual, que el doctor Freud había reconocido pero que ningún laboratorio había sido jamás capaz de aislar— el Vitriolo era destilado por los organismos de los seres humanos que se encontraban en situación de miedo, aunque continuase invisible en las modernas pruebas de espectrografía. Pero era fácilmente reconocible por su sabor, que no era ni dulce ni salado, sino amargo. El doctor Igor, descubridor aún no reconocido de este veneno mortal, lo había bautizado con el nombre de un veneno muy utilizado en el pasado por emperadores, reyes y amantes de todos los tipos cuando necesitaban apartar definitivamente a una persona incómoda.

Buenos tiempos aquellos, de emperadores y reyes: en aquella época se vivía y moría con romanticismo. El asesino convidaba a la víctima a una espléndida cena, el sirviente entraba con dos hermosas copas, una de ellas con el Vitriolo mezclado en la bebida: ¡cuánta emoción despertaban los gestos de la víctima —tomando la copa, diciendo algunas palabras, dulces o agresivas, bebiendo como si fuera un vino sabroso, mirando sorprendida al anfitrión y cayendo fulminada en el suelo!

Pero este veneno, hoy caro y difícil de encontrar en el mercado, fue sustituido por procedimientos más seguros de exterminio, como revólveres, bacterias, etcétera. El doctor Igor, un romántico por naturaleza, había rescatado el nombre casi olvidado para bautizar la enfermedad del alma que él había conseguido diagnosticar y cuyo descubrimiento en breve asombraría al mundo.

Era curioso que nadie jamás se hubiera referido al

Vitriolo como un tóxico mortal, aun cuando la mayoría de las personas afectadas identificase su sabor y se refiriese al proceso de envenenamiento como Amargura. Todos los seres tenían amargura en su organismo, en mayor o menor grado, así como casi todos tenemos el bacilo de la tuberculosis. Pero estas dos enfermedades sólo atacan cuando el paciente se encuentra debilitado; en el caso de la Amargura, el terreno propicio para el surgimiento de la enfermedad aparece cuando se crea el miedo a la llamada «realidad».

Ciertas personas, en el afán de querer construir un mundo donde ninguna amenaza externa pueda penetrar, aumentan exageradamente sus defensas contra el exterior (gente extraña, nuevos lugares, experiencias diferentes) y dejan su interior desguarnecido. Y a partir de ahí la Amargura comienza a causar daños irreversibles.

El gran objetivo de la Amargura (o Vitriolo, como prefería el doctor Igor) era la voluntad. Las personas atacadas de este mal iban perdiendo el deseo de todo y en pocos años ya no conseguían salir de su mundo, pues habían gastado enormes reservas de energía construyendo altas murallas para que la realidad fuese aquello que deseaban que fuese.

Al evitar el ataque externo, habían limitado también el crecimiento interno. Continuaban yendo al trabajo, viendo televisión, protestando contra el tránsito y teniendo hijos, pero todo eso sucedía automáticamente y sin ninguna gran emoción interior porque, finalmente, todo estaba bajo control.

El gran problema del envenenamiento por Amargura era que las pasiones —odio, amor, desesperación, entusiasmo, curiosidad— también dejaban de manifestarse. Después de algún tiempo, ya no le restaba al amargado ningún deseo. No tenía ganas ni de vivir, ni de morir, éste era el problema.

Por eso, para los amargados —definitivamente amargos—, los héroes y los locos eran siempre fascinantes: ellos no tenían miedo de vivir o morir. Tanto los héroes como los locos eran indiferentes ante el peligro y seguían adelante aunque todos intentaran detenerlos. El loco se suicidaba, el héroe se ofrecía al martirio en nombre de una causa, pero ambos morían, y los amargos pasaban muchas noches y días comentando lo absurdo y la gloria de aquellos dos tipos. Era el único momento en que el amargo tenía fuerzas para saltar por sobre su muralla de defensa y mirar un poco el exterior; pero pronto las manos y los pies se cansaban, y él retornaba a su vida diaria.

El amargo crónico sólo notaba su enfermedad una vez por semana: en las tardes de domingo. En esos momentos, como no tenía el trabajo o la rutina para aliviar los síntomas, notaba que alguna cosa andaba mal, ya que la paz de aquellas tardes le resultaba infernal, el tiempo no pasaba nunca y una constante irritación se manifestaba libremente.

Pero llegaba el lunes y el amargo pronto olvidaba sus síntomas, aunque blasfemase contra el hecho de que nunca tenía tiempo para descansar y protestase que los fines de semana pasaban demasiado rápido.

La única gran ventaja de la enfermedad, desde el punto de vista social, era que ya se había transformado en una regla; por consiguiente, la internación ya no era necesaria excepto en los casos en que la intoxicación era tan fuerte que la conducta del enfermo comenzaba a afectar a los otros. Pero la mayoría de los amargos podían continuar afuera sin constituir amenaza para la sociedad o las personas ya que, por causa de las altas murallas construidas alrededor de ellos mismos, estaban totalmente aislados del mundo, aun cuando pareciesen compartirlo.

El doctor Sigmund Freud había descubierto la libido y la cura para los problemas causados por ella, inventando el psicoanálisis. Además de descubrir la existencia del Vitriolo, el doctor Igor necesitaba probar que también en este caso la cura era posible. Quería dejar su nombre en la historia de la medicina, aun cuando no se ilusionara en relación con las dificultades que tendría que enfrentar para imponer sus ideas, ya que los «normales» estaban contentos con sus vidas y jamás admitirían su enfermedad mientras que los «enfermos» movían una gigantesca industria de asilos, laboratorios, congresos. etcétera.

«Sé que el mundo no reconocerá ahora mi esfuerzo» se dijo a si mismo, orgulloso de ser incomprendido. Al fin y al cabo, ése era el precio que los genios tenían que pagar.

—¿Qué le ha pasado? —preguntó la joven frente a él—. Parece que ha entrado en el mundo de sus pacientes.

El doctor Igor dejó pasar el comentario irrespetuoso.

—Puede irse ya —dijo.

Veronika no sabía si era de día o de noche, pues aunque el doctor Igor tenía la luz encendida, acostumbraba a hacerlo todas las mañanas; pero al llegar al corredor vio la luna, y se dio cuenta de que había dormido más tiempo de lo que pensaba.

En el camino hacia la enfermería, se fijó en una fotografía enmarcada en la pared: era la plaza central de Ljubljana, aún sin la estatua del poeta Preseren, con varias parejas paseando, posiblemente un domingo.

Comprobó la fecha de la foto: verano de 1910.

Verano de 1910. Allí estaban aquellas personas, cuyos hijos y nietos ya habrían muerto, capturadas en un momento de sus vidas. Las mujeres usaban pesados vestidos y todos los hombres llevaban sombrero, chaqueta, corbata (o tela de colores, como la llamaban los locos), polainas y paraguas al brazo.

¿Y el calor? La temperatura debía de ser la misma que los veranos actuales, treinta y cinco grados a la sombra. Si apareciese un inglés con bermudas y en mangas de camisa (vestimenta mucho más apropiada para el calor) ¿qué habrían pensado estas personas?

«Un loco.»

Había entendido perfectamente bien lo que el doctor Igor había querido decir. De la misma manera entendía que siempre había tenido en su vida mucho amor, cariño, protección, pero le había faltado un elemento para transformar todo eso en una bendición: debía haber sido un poco más loca.

Sus padres continuarían queriéndola de cualquier manera, pero ella no había osado pagar el precio de su sueño, por miedo a herirlos. Aquel sueño que estaba enterrado en el fondo de su memoria, aunque a veces se despertaba durante un concierto, o un hermoso disco escuchado por casualidad. No obstante, siempre que su sueño despertaba, el sentimiento de frustración era tan grande que ella lo hacía adormecer rápidamente.

Veronika sabía, desde pequeña, cuál era su verdadera vocación: ¡ser pianista!

Había sentido eso desde que recibió la primera clase, con doce años de edad. Su profesora también había percibido su talento, y la había incentivado para hacerse una profesional. Sin embargo cuando, feliz por un concurso que acababa de ganar, le dijo a su madre que iba a dejar todo para dedicarse solamente al piano, ella la había mirado con cariño y respondido: «nadie vive de tocar el piano, amor mío»

«¡Pero si tú misma me has hecho tomar las clases!»

«Solamente para desarrollar tus dotes artísticas; a los maridos les gusta, y puedes lucirte en las fiestas. Olvida ese capricho de ser pianista y ponte a estudiar abogacía, que es la profesión del futuro.»

Veronika había hecho lo que le pidió la madre, segura de que ella tenía la suficiente experiencia para entender lo que era la realidad. Terminó sus estudios, entró en la facultad y salió de ella con un diploma y notas altas.., pero sólo consiguió un empleo de bibliotecaria.

«Debía haber sido más loca.» Pero (como sucede con la mayoría de las personas) lo había descubierto demasiado tarde.

Iba a continuar su camino cuando alguien la sujetó por el brazo. El poderoso calmante que le habían aplicado aún corría por sus venas, y por eso no reaccionó cuando Eduard, el esquizofrénico, delicadamente fue llevándola en una dirección diferente, hacia la sala de estar.

La luna continuaba en cuarto creciente y Veronika ya se había sentado al piano, atendiendo al silencioso pedido de Eduard, cuando empezó a oír una voz que venía del refectorio. Alguien que hablaba con acento extranjero, y Veronika no recordaba haberlo escuchado en Villete.

—No quiero tocar el piano ahora, Eduard. Quiero saber lo que pasa en el mundo, lo que hablan aquí al lado, quién es ese hombre extraño.

Eduard sonreía, quizás sin entender una sola palabra de lo que le estaban diciendo. Pero ella recordó lo que había dicho el doctor Igor: los esquizofrénicos podían entrar y salir de sus realidades separadas.

—Yo voy a morir —continuó, con la esperanza de que sus palabras tuvieran sentido—. La muerte rozó hoy mi rostro con sus alas y llamará a mi puerta mañana o pasado. Es mejor que no te acostumbres a escuchar un piano todas las noches.

«Nadie puede acostumbrarse a nada, Eduard. Fíjate: yo estaba volviendo a apreciar el sol, las montañas, y hasta los problemas; estaba incluso aceptando que la falta de sentido de la vida no era culpa de nadie más que de mi misma. Quería volver a ver la plaza de Ljubljana, sentir odio y amor, desesperación y tedio, todas esas cosas simples y tontas que forman parte de lo cotidiano pero que dan sabor a la existencia. Si algún día pudiese salir de aquí, me permitiría ser loca, porque todo el mundo lo es. Y peores son aquellos que no saben que lo son, porque pasan su vida apenas repitiendo lo que los otros les mandan.

«Pero nada de eso es posible, ¿has entendido? Del mismo modo tú no puedes pasar el día entero esperando que llegue la noche y que una de las internas toque el piano, porque eso se acabará muy pronto. Mi mundo y el tuyo están en su final.

Se levantó, tocó cariñosamente el rostro del muchacho y se dirigió al refectorio.

Al abrir la puerta se encontró con una escena insólita: las mesas y las sillas habían sido empujadas hacia la pared, dejando un gran espacio vacío en el centro. Allí, sentados en el suelo, estaban los miembros de La Fraternidad, escuchando a un hombre con chaqueta y corbata.

—... entonces convidaron al gran maestro de la tradición sufí, Nasrudin, a dar una conferencia —estaba diciendo.

Cuando la puerta se abrió, todos los de la sala miraron a Veronika. El hombre de la chaqueta se dirigió a ella:

—Siéntese.

Ella se sentó en el suelo, junto a una señora de cabellos blancos, Mari, la que había sido tan agresiva en su primer encuentro. Ante su sorpresa, Mari le dedicó una sonrisa de bienvenida.

El hombre de la chaqueta continuó:

«Nasrudin marcó la conferencia para las dos de la tarde, y fue un éxito: se vendieron íntegramente los mil asientos y quedaron seiscientas personas afuera, acompañando la charla por un circuito cerrado de televisión.

«A las dos en punto entró un asistente de Nasrudin diciendo que por motivos de fuerza mayor la conferencia se atrasaría. Algunos se levantaron indignados, pidieron que les devolvieran el dinero y se fueron. Pero aún así continuó quedando mucha gente, dentro y fuera de la sala.

«A partir de las cuatro de la tarde el maestro sufí aún no había aparecido y la gente fue lentamente

abandonando el local y recobrando el dinero de su
entrada: al fin y al cabo el horario de trabajo estaba
terminando, era la hora de regresar a casa. Cuando dieron
las seis, los 1.700 espectadores originales se habían
reducido a menos de cien.

«En ese momento, Nasrudin entró. Parecía
completamente borracho y empezó a decir tonterías de
mal gusto a una bonita joven que estaba sentada en la
primera fila.

«Pasada la sorpresa, las personas empezaron a
indignarse: ¡cómo, después de hacerse esperar cuatro
horas enteras, ese hombre se comportaba de tal manera!
Se empezaron a oír algunos murmullos de desaprobación
pero el maestro sufí no les dio ninguna importancia, sino
que continuó, a voz en cuello, alabando lo sexy que era
la chica y convidándola a viajar con él a Francia.»

¡Qué maestro! —pensó Veronika—, suerte que yo
nunca creí en estas cosas.

«Después de decir algunas palabrotas en contra de
las personas que protestaban, Nasrudin intentó levantarse
y cayó pesadamente al suelo. Indignadas, las personas
decidieron marcharse, diciendo que todo aquello no
pasaba de charlatanismo y que irían a los diarios para
denunciar el espectáculo degradante.

«Y así el grupo de ofendidos dejó el recinto. Nueve
personas continuaron en la sala. Nasrudin se levantó;
estaba sobrio, sus ojos irradiaban luz, y había en torno
de él un aura de respetabilidad y sabiduría. 'Vosotros,
los que os habéis quedado, sois los que me tenéis que
oír', dijo. 'Habéis pasado por las dos pruebas más duras
en el camino espiritual: la paciencia para esperar el
momento adecuado y el coraje de no decepcionarse con
lo que habéis encontrado. A vosotros os enseñaré'.

«Y Nasrudin compartió con ellos algunas de las

técnicas sufí.»

El hombre hizo una pausa y sacó una flauta extraña del bolso.

—Ahora vamos a descansar un poco y después haremos nuestra meditación.

El grupo se levantó. Veronika no sabía qué hacer.

—Levántate también —le dijo Mari, tomándola de la mano—. Tenemos cinco minutos de recreo.

—Me voy, no quiero molestar.

Mari se la llevó a un rincón.

—¿Es posible que no hayas aprendido nada, ni siquiera con la proximidad de la muerte? ¡Deja de estar pensando siempre que causas alguna molestia, coacción o perturbación a tu prójimo! ¡Si así fuera, la gente ya protestará, y si no tuvieran valor para hacerlo, es su problema!

—Aquel día, cuando me acerqué a ustedes, estaba haciendo algo que nunca me había atrevido antes.

—Y te dejaste acobardar por una simple broma de locos. ¿Por qué no seguiste adelante? ¿Qué tenias que perder?

—Mi dignidad. Estar donde no soy bienvenida.

—¿Qué es la dignidad? ¡Es querer que todo el mundo te encuentre buena, bien educada, llena de amor al prójimo! Respeta la naturaleza: mira más películas de animales y fíjate cómo ellos luchan por su espacio. Todos nos alegramos con aquel bofetón que diste.

Veronika no tenía más tiempo para luchar por ningún espacio y cambió de tema, preguntando quién era aquel hombre.

—Estás mejorando —rió Mari—. Haces preguntas sin miedo de que piensen que eres indiscreta. Este hombre es un maestro sufí.

—¿Qué quiere decir sufí?

—Lana.

Veronika no entendía. ¿Lana?

—El sufismo es una tradición espiritual de los derviches, en la que los maestros no buscan mostrar sabiduría y los discípulos bailan, giran sobre sí mismos y entran en trance.

—¿Y para qué sirve eso?

—No estoy bien segura; pero nuestro grupo decidió vivir todas las experiencias prohibidas. Durante toda mi vida el gobierno nos educó diciendo que la búsqueda espiritual existía solamente para apartar al hombre de sus problemas reales. Ahora contéstame lo siguiente: ¿tú no crees que entender la vida es un problema real? Sí, era un problema real. Además, ya no estaba segura de lo que la palabra realidad quería decir.

El hombre de la chaqueta (un maestro sufí, según Mari) pidió que todos se sentaran en círculo. De uno de los jarrones del refectorio sacó todas las flores, con excepción de una rosa roja, y lo colocó en el centro del grupo.

—Mira lo que conseguimos —dijo Veronika a Mari—. Algún loco decidió que era posible criar flores en invierno y hoy en día tenemos rosas el año entero en toda Europa. ¿Crees que un maestro sufí, con todo su conocimiento, es capaz de hacer eso?

Mari pareció adivinar su pensamiento.

—Deja las críticas para después.

—Lo intentaré. Porque todo lo que tengo es el presente y, dicho sea de paso, bastante corto.

—Es todo lo que todo el mundo tiene, y es siempre muy corto, aunque algunos piensen que poseen un pasado, donde acumularon cosas, y un futuro, donde acumularán aún más. Y de paso, hablando del presente, ¿tú ya te has masturbado mucho?

Aunque el calmante aún mantuviera su efecto, Veronika recordó la primera frase que había escuchado en Villete.

—Cuando entré en Villete, llena de tubos de respiración artificial, oí claramente a alguien preguntarme si quería ser masturbada. ¿Qué es eso? ¿Porqué viven pensando en estas cosas, aquí?

—Aquí y afuera. Sólo que en nuestro caso no necesitamos escondernos.

—¿Fuiste tú quien me lo preguntó?

—No. Pero creo que deberías saber hasta dónde puede llegar tu placer. La próxima vez, con un poco de paciencia, podrás llevar a tu pareja hasta allá, en vez de ser guiada por él. Aunque sólo te queden dos días de vida, creo que no deberías partir de aquí sin saber hasta dónde podrías haber llegado.

—Sólo si fuera con el esquizofrénico que me está esperando para escuchar el piano.

—Por lo menos es un hombre guapo.

El hombre de la chaqueta pidió silencio, interrumpiendo la conversación. Mandó que todos concentrasen en la rosa y vaciasen sus mentes.

—Los pensamientos volverán, pero procurad evitarlos. Tenéis dos caminos a elegir: dominar vuestra mente o ser dominados por ella. Ya habéis vivido esta segunda alternativa: os dejasteis llevar por los miedos, las neurosis y la inseguridad, porque el hombre tiene esta tendencia a la autodestrucción.

«No confundáis la locura con la pérdida de control. Recordad que en la tradición sufí, el principal maestro —Nasrudin— es lo que todos llaman un loco. Y justamente porque su ciudad lo considera insano, Nasrudin tiene la posibilidad de decir todo lo que piensa

y hacer lo que le viene en gana. Así era como los bufones
de la corte, en la época medieval, podían alertar al rey
sobre los peligros que los ministros no osaban comentar,
porque temían perder sus cargos.

«Así debéis hacer vosotros: manteneos locos, pero
comportaos como personas normales. Corred el riesgo
de ser diferentes, pero aprended a hacerlo sin llamar la
atención. Concentraos en esta flor y dejad que el
verdadero Yo se manifieste.

—¿Qué es el verdadero Yo? —interrumpió Veronika.
Quizás lo supiesen todos allí, pero eso no importaba:
ella debía preocuparse menos por incomodar o no a los
otros.

El hombre pareció sorprendido por la interrupción,
pero respondió:

—Es aquello que tú eres, no lo que hicieron de ti.

Veronika decidió hacer el ejercicio, empeñándose al
máximo para descubrir quién era. En estos días en Villete
había sentido cosas que nunca había experimentado con
tanta intensidad: odio, amor, deseo de vivir, miedo,
curiosidad. Tal vez Mari tuviera razón: ¿conocía
realmente el orgasmo? ¿O sólo había llegado hasta donde
los hombres la quisieron llevar?

El señor de la chaqueta empezó a tocar la flauta.
Lentamente la música fue calmando su alma y ella
consiguió fijarse en la rosa. Podía ser el efecto del
calmante, pero el hecho es que desde que había salido
del consultorio del doctor Igor se sentía muy bien.

Sabía que iba a morir muy pronto: ¿para qué sentir
miedo? No ayudaría en nada, ni evitaría el ataque fatídico
al corazón. Lo mejor era aprovechar los días u horas que
le quedaban, haciendo lo que nunca había hecho.

La música llegaba suave, y la pálida luz del refectorio

había creado una atmósfera casi religiosa. Religión... ¿por qué no intentaba penetrar dentro de si misma y ver lo que restaba de sus creencias y de su fe?

Porque la música la conducía hacia otro lado: a vaciar su cabeza, dejar de reflexionar sobre todo y limitarse a SER. Veronika se entregó, contempló la rosa, vio quién era, se gustó y lamentó haber sido tan precipitada.

Cuando la meditación terminó y el maestro sufí se fue, Mari permaneció un poco más en el refectorio, charlando con los miembros de La Fraternidad. La chica se quejó de cansancio y se retiró, pues al fin y al cabo el calmante que le habían dado esa mañana era lo bastante fuerte como para hacer dormir a un toro, y aun así ella había conseguido tener fuerzas como para mantenerse despierta hasta entonces.

«La juventud es así, establece los propios límites sin preguntar si el cuerpo aguanta. Y el cuerpo siempre aguanta.»

Mari no tenía sueño; había dormido hasta tarde, y después decidió dar un paseo por la ciudad, puesto que el doctor Igor exigía que los miembros de La Fraternidad salieran de Villete todos los días. Había ido al cine y se volvió a dormir en la butaca, con una película aburridísima sobre conflictos entre marido y mujer. ¿Será posible que no tengan otro tema? ¿Por qué repetir siempre las mismas historias —marido con amante, marido con mujer e hijo enfermo, marido con mujer, amante e hijo enfermo? Había cosas más importantes en el mundo para contar.

La charla en el refectorio duró poco; la meditación había relajado al grupo y todos decidieron regresar a sus dormitorios menos Mari, que salió para dar un paseo por el jardín. En su camino pasó por la sala de estar y vio a la chica que no había conseguido aún ir a su cuarto: estaba tocando para Eduard, el esquizofrénico, que posiblemente se había quedado todo este tiempo esperando al lado del piano. Los locos, como los niños, sólo se detienen después de ver sus deseos satisfechos.

El aire estaba helado. Mari regresó, tomó un abrigo y volvió a salir. Allá afuera, lejos de los ojos de todos, encendió un cigarrillo. Fumó sin culpa y sin prisa, reflexionando sobre la chica, el piano que escuchaba y la vida del lado exterior a los muros de Villete, que se estaba volviendo insoportablemente difícil para todo el mundo.

En opinión de Mari, esta dificultad no se debía al caos, o a la desorganización o a la anarquía, sino al exceso de orden. La sociedad tenía cada vez más reglas —y leyes para contrariar las reglas— y nuevas reglas para contrariar las leyes; eso dejaba a las personas asustadas y ya no daban siquiera un paso fuera del reglamento invisible que guiaba la vida de todos.

Mari tenía su propia experiencia para avalar esa opinión. Había pasado cuarenta años de su vida trabajando como abogada hasta que su enfermedad la trajo a Villete. Ya desde el comienzo de su carrera había perdido rápidamente su ingenua visión de la Justicia y había pasado a entender que las leyes no habían sido creadas para resolver problemas, sino para prolongar indefinidamente las peleas.

Era una pena que Alá, Jehová, Dios —no importa el nombre que se le diera— no hubiera vivido en el mundo actual. Porque si así fuese, todos nosotros estaríamos aún en el Paraíso mientras que él estaría respondiendo a recursos, apelaciones, rogatorias, exhortos, interdictos, preliminares, procedimientos, y tendría que explicar en innumerables audiencias su decisión de expulsar a Adán y Eva del Paraíso, apenas por transgredir una ley arbitraria sin ningún fundamento jurídico: no comer el fruto del Bien y del Mal.

Si Él no quería que eso sucediera, ¿por qué colocó el tal árbol en medio del Jardín y no fuera de los muros del Paraíso? Si fuese llamada para defender a la pareja, Mari seguramente acusaría a Dios de «omisión administrativa» porque además de colocar el árbol en un lugar incorrecto no lo rodeó de avisos ni barreras, dejó de adoptar los mínimos requisitos de seguridad y expuso a todos los que pasaban por allí al peligro.

Mari también podría acusarlo de «inducción al delito», puesto que atrajo la atención de Adán y Eva hacia el exacto lugar donde se encontraba. Si no hubiese dicho nada, generaciones y generaciones pasarían por esta Tierra sin que nadie se interesara por el fruto prohibido, ya que debía de estar en un bosque, lleno de árboles semejantes y, por lo tanto, sin ningún valor específico.

Pero Dios no había actuado así. Por el contrario, escribió la ley y encontró la manera de convencer a alguien para transgredirla sólo para poder inventar el Castigo. Sabia que Adan y Eva acabarían aburridos de tanta perfección y, tarde o temprano, pondrían a prueba Su paciencia. Y se quedó allí, esperando, porque tal vez

también Él —Dios Todopoderoso— estaba aburrido con
todas las cosas funcionando perfectamente; si Eva no
hubiese comido la manzana, ¿qué es lo que habría
sucedido de interesante en estos miles de millones de
años?

Nada.

Cuando la ley fue violada, Dios —el juez
Todopoderoso— aún simuló una persecución, como si
no conociese todos los escondrijos posibles. Con los
ángeles mirando y divirtiéndose con la broma (la vida
para ellos también debía de ser muy tediosa desde que
Lucifer dejara el Cielo), Él empezó a caminar. Mari
imaginaba cómo de aquel trecho de la Biblia se podía
obtener una hermosa escena para un film de suspenso:
los pasos de Dios, las miradas asustadas que la pareja
intercambiaba entre sí, los pies que súbitamente se
detenían al lado del escondrijo.

«¿Dónde estás?» habría preguntado Dios.

«Oí vuestro paso en el jardín, tuve miedo y me
escondí porque estoy desnudo», habría respondido Adán
sin saber que, a partir de esta afirmación, pasaría a ser
reo confeso de un crimen.

Listo. Mediante un simple truco, aparentando no saber
dónde estaba Adán ni el motivo de su fuga, Dios había
conseguido lo que deseaba. Aun así para no dejar
ninguna duda al público de ángeles que asistía
atentamente al episodio, él había decidido ir más lejos.

«¿Cómo sabes que estás desnudo?», habría dicho
Dios, sabiendo que esta pregunta sólo tendría una
respuesta posible: «porque comí del árbol que me permite
entenderlo».

Con aquella pregunta, Dios mostró a sus ángeles que
era justo y estaba condenando a la pareja sobre la base
de todas las pruebas existentes. A partir de allí ya no

importaba saber si la culpa era de la mujer, ni las súplicas de perdón; Dios necesitaba un ejemplo para que ningún otro ser, terrestre o celeste, nunca más tuviese el atrevimiento de ir en contra de Sus decisiones.

Y así expulsó a la pareja, sus hijos terminaron pagando también por el delito (como sucede en la actualidad con los hijos de los criminales) y el sistema judicial había sido inventado: ley, transgresión de la ley (lógica o absurda, no tenía importancia), juicio (donde el más experimentado vencía al ingenuo) y castigo.

Como toda la humanidad había sido condenada sin derecho a revisión de sentencia, los seres humanos decidieron crear mecanismos de defensa para la eventualidad de que Dios decidiera mostrar de nuevo Su poder arbitrario. Pero en el transcurso de los milenios de estudios, los hombres inventaron tantos recursos que terminaron exagerando la dosis, y ahora la Justicia era una maraña de cláusulas, jurisprudencias y textos contradictorios que nadie conseguía entender bien.

Tanto es así que cuando Dios decidió cambiar de i y mandar a Su Hijo para salvar al mundo, ¿qué sucedió? Cayó en las redes de la Justicia que Él había inventado.

La maraña de leyes terminó generando tanta confusión que el Hijo acabó clavado en una cruz. No fue un proceso simple de Anas para Caifas, de los sacerdotes para Pilatos quien alego no tener leyes suficientes según el Código Romano. De Pilatos para Herodes que, a su vez, alegó que el código judío no permitía la sentencia de muerte. De Herodes otra vez para Pilatos, que aún intentó una apelación ofreciendo un acuerdo jurídico al pueblo: lo azotó y mostró sus heridas, pero no sirvió de nada...

Como hacen los modernos promotores, Pilatos

resolvió promoverse a costas del condenado: ofreció entonces cambiar a Jesús por Barrabás, sabiendo que la Justicia a esta altura, ya se había convertido en un gran espectáculo donde era preciso un final apoteósico, con la muerte del reo.

Finalmente, Pilatos usó el artículo que facultaba al juez —y no a quien estaba siendo juzgado— el beneficio de la duda: se lavó las manos, lo que quiere decir «ni sí, ni no». Era un artificio más para preservar el sistema jurídico romano sin dañar las buenas relaciones con los magistrados locales; permitía, además, que el peso de la decisión fuese transferido al pueblo en el caso de que aquella sentencia acabara creando problemas tales como la venida de algún inspector de la capital del Imperio para verificar personalmente lo que sucedía.

Justicia. Derecho. Aunque fuese indispensable para ayudar a los inocentes, no siempre funcionaba de manera que agradase a todos. Mari se alegró de estar lejos de todo ese ambiente, aun cuando esta noche, con aquel piano sonando, no estuviese tan segura de que Villete era el lugar más indicado para ella.

«Si alguna vez decido salir de aquí nunca más me meteré en el mundo de la Justicia, no pienso convivir con locos que se juzgan normales e importantes, pero cuya única función en la vida es dificultar la de los otros. Prefiero ser modista, bordadora, o vendedora de frutas frente al Teatro Municipal; ya cumplí mi parte de locura inútil.»

En Villete estaba permitido fumar, pero estaba prohibido tirar el cigarrillo en la hierba. Con placer hizo lo que estaba prohibido, porque la gran ventaja de estar allí era no respetar los reglamentos y, a pesar de ello, no tener que aguantar mayores consecuencias.

Se acercó a la puerta de la entrada. El guardia (siempre había un guardia allí, al fin y al cabo ésta era la ley) la saludó con la cabeza y abrió la puerta.

—No voy a salir —dijo ella.

—Bonito piano —respondió el guardia—. Lo oigo casi todas las noches.

—Pues acabará pronto —dijo, alejándose rápido para no tener que explicar la razón.

Se acordó de lo que había leído en los ojos de la chica cuando entró en el refectorio: miedo.

Miedo. Veronika podía sentir inseguridad, timidez, vergüenza, constreñimiento pero, ¿por qué miedo? Este sentimiento sólo se justifica ante una amenaza concreta —como animales feroces, personas armadas, terremotos— jamás por un grupo reunido en refectorio.

«Pero el ser humano es así», se consoló, «sustituye gran parte de sus emociones por el miedo».

Y Mari sabía muy bien de lo que estaba hablando, porque éste había sido el motivo que la llevó a Villete: el Síndrome de Pánico.

Mari mantenía en su cuarto una verdadera colección de artículos sobre la enfermedad. Hoy ya se hablaba abiertamente del tema, y recientemente había visto un programa de la televisión alemana donde algunas personas relataban sus experiencias. En este mismo programa, una pesquisa revelaba que parte de la población humana sufre el Síndrome de Pánico, aun cuando todos los afectados procurasen esconder los síntomas por miedo a ser considerados locos.

Pero en la época en que Mari había tenido su primer ataque, nada de eso era conocido. «Fue el infierno. El verdadero infierno» pensó, encendiendo otro cigarrillo.

El piano continuaba tocando, la chica parecía tener la energía suficiente como para pasar la noche en vela.

Desde que Veronika llegó al sanatorio, muchos internos se habían visto afectados por su presencia, y Mari era uno de ellos. Al principio había procurado mantenerse alejada, temiendo despertar sus ganas de vivir; era mejor que continuase deseando la muerte, ya que no podía evitarla. El doctor Igor había dejado escapar el rumor de que, aunque continuase dándole inyecciones todos los días, el estado de la chica se deterioraba claramente, y no conseguiría salvarla de ninguna manera.

Los internos habían entendido el mensaje, y se mantenían distantes de la mujer condenada. Pero, sin que nadie supiese exactamente por qué, Veronika había comenzado a luchar por su vida, aunque sólo dos personas se le hubieran aproximado: Zedka, que salía al día siguiente y no era muy habladora, y Eduard.

Mari necesitaba tener una conversación con Eduard: él siempre la escuchaba con respeto. ¿Es que el joven no entendía que la estaba devolviendo al mundo? ¿Y que eso era lo peor que podía hacer con una persona sin esperanza de salvación?

Consideró mil maneras de explicar el asunto; pero todas ellas iban a crearle un sentimiento de culpa, y esto ella no lo haría nunca. Mari reflexionó un poco y decidió dejar las cosas correr a su ritmo normal; ya no ejercía de abogada, y no quería dar el mal ejemplo de crear nuevas leyes de conducta en un lugar donde debía reinar la anarquía.

Pero la presencia de la chica había afectado a mucha gente allí, y algunos estaban dispuestos a repensar sus vidas. En una de las reuniones de La Fraternidad, alguien había intentado explicar lo que estaba sucediendo: los fallecimientos en Villete sucedían de repente, sin dar tiempo a que nadie pensara sobre ello, o al final de una larga enfermedad, cuando la muerte es siempre una bendición.

En el caso de aquella chica, sin embargo, el panorama era dramático: porque era joven, estaba deseando volver a vivir y todos sabían que eso era imposible. Algunos se preguntaban: «¿Y si eso me estuviese pasando a mí? ¿Y yo, que tengo una oportunidad, la estaré aprovechando?»

Otros no se preocupaban por la respuesta; hace mucho tiempo que habían desistido y ya formaban parte de un mundo donde no existe ni vida ni muerte, ni espacio ni tiempo. Pero muchos, no obstante, se veían obligados a reflexionar, y Mari era uno de ellos.

Veronika paró de tocar el piano por un instante y vio a Mari allá afuera, enfrentando el frío nocturno con escaso abrigo ¿querría matarse?

«No. Quien quiso matarse fui yo.»

Volvió al piano. En sus últimos días de vida había realizado finalmente el gran sueño: tocar con alma y corazón, como y cuanto quisiera. No tenía importancia que su único auditorio fuese un muchacho esquizofrénico; él parecía entender la música, y era eso lo que importaba.

Mari nunca se había querido matar. Por el contrario, cinco años atrás, dentro del mismo cine al que fue hoy, había asistido horrorizada a una película sobre la miseria en El Salvador, que le había hecho pensar en lo importante que era su vida. En aquella época, con sus hijos grandes y ya encaminados en sus respectivas profesiones, estaba decidida a dejar el fastidioso e interminable trabajo de abogacía para dedicar el resto de sus días a una entidad humanitaria. Los rumores de guerra civil en el país crecían a cada momento, pero Mari no les daba crédito: era imposible que al finalizar el siglo, la Comunidad Europea dejase ocurrir una nueva guerra en sus puertas.

Al otro lado del mundo, sin embargo, la posibilidad de elección de tragedias era grande. Y entre ellas estaba la de El Salvador, con sus criaturas pasando hambre en la calle y obligadas a prostituirse.

—¡Qué horror! —dijo a su marido, sentado en el sillón de al lado.

Él asintió con la cabeza.

Hacia mucho tiempo que Mari venía atrasando la decisión, pero quizás fuese ya la hora de hablar con él. Ya habían recibido todo lo que la vida puede ofrecer de bueno: casa, trabajo, buenos hijos, el necesario confort, diversiones y cultura. ¿Por qué no hacer ahora algo por el prójimo? Mari tenía contactos con la Cruz Roja y sabía que necesitaban desesperadamente voluntarios en todas partes del mundo.

Estaba harta de trabajar luchando con la burocracia, los procedimientos, incapaz de ayudar a gente que perdía años de su vida intentando solucionar problemas que no había creado. Trabajar en la Cruz Roja, en cambio, le daría resultados inmediatos.

Decidió que en cuanto salieran del cine le sugeriría ir a un café para discutir la idea.

La pantalla mostraba a un funcionario del gobierno salvadoreño dando una disculpa banal para determinada injusticia y, de repente, Mari sintió que su corazón se aceleraba.

Se dijo a sí misma que no era nada. Quizás el aire enrarecido de la sala la estuviese asfixiando; si el síntoma persistía, saldría al hall de entrada para respirar un poco.

Pero en una sucesión rápida de acontecimientos, el corazón comenzó a latir más y más fuerte y ella comenzó a sudar frío.

Se asustó e intentó concentrar su atención en la película, para ver si borraba cualquier tipo de pensamiento negativo de su cabeza. Pero vio que ya no conseguía acompañar lo que estaba sucediendo en la pantalla; las imágenes continuaban, los letreros eran visibles pero Mari parecía haber entrado en una realidad completamente diferente, donde todo aquello era extraño, fuera de lugar y pertenecía a un mundo donde jamás había estado antes.

—Me encuentro mal —le dijo a su marido.

Había procurado evitar al máximo hacer este comentario porque significaba admitir que algo más profundo la afectaba. Pero era imposible atrasarlo más.

—Vámonos afuera —respondió él.

Cuando tomó la mano de su mujer para ayudarla a levantarse, notó que estaba helada.

—No podré llegar hasta afuera. Por favor, dime qué me está pasando.

El marido se asustó. El rostro de Mari estaba cubierto de sudor y sus ojos tenían un brillo diferente.

—¡Cálmate! Saldré y llamaré a un médico.

Ella se desesperó. Las palabras tenían sentido, pero todo el resto —el cine, la penumbra, las personas sentadas lado a lado y contemplando una pantalla brillante— parecía amenazador. Tenía la seguridad de que estaba viva, podía hasta tocar la vida a su alrededor, como si fuese sólida. Y nunca le había pasado esto antes.

—No me dejes aquí sola, de ningún modo. Me levantaré y saldré contigo. Camina despacio.

Los dos pidieron permiso a los espectadores que se encontraban en la misma fila y empezaron a caminar en dirección al fondo de la sala, donde estaba la puerta de salida. El corazón de Mari estaba ahora completamente disparado y ella tenía la certeza, absoluta certeza, de que nunca conseguiría salir de allí. Todo lo que hacía, cada gesto suyo (colocar un pie delante del otro, pedir permiso, agarrarse al brazo del marido, inspirar y expirar) parecía consciente y pensado, y aquello era aterrador.

Nunca había sentido tanto miedo en su vida.

«Me voy a morir dentro de un cine.»

Y le pareció que entendía lo que estaba pasando, porque una amiga suya había muerto dentro de un cine, muchos años atrás: un aneurisma había estallado en su cerebro.

Los aneurismas cerebrales son como bombas de tiempo. En los vasos sanguíneos se forman pequeñas várices —como ampollas o burbujas en neumáticos usados— y pueden quedarse ahí durante toda la existencia de una persona sin que pase nada. Nadie sabe si tiene un aneurisma hasta que es descubierto sin querer —como en el caso de una radiografía de cerebro por otros motivos— o en el momento en que explota, inundando todo de sangre, llevando inmediatamente a la persona al estado de coma y generalmente haciendo que muera al poco tiempo.

Mientras caminaba por el corredor de la sala oscura, Mari se acordaba de la amiga perdida. Lo más extraño, sin embargo, era cómo la explosión del aneurisma estaba afectando su percepción: parecía haber sido transportada a un planeta diferente, viendo cada cosa familiar como si fuera por primera vez.

Y el miedo aterrador, inexplicable, el pánico de estar sola en aquel otro planeta. La muerte.

«No puedo pensar. Tengo que fingir que todo está bien y todo acabará bien.»

Procuró actuar con naturalidad y durante algunos segundos la sensación de extrañeza disminuyó. Desde el momento en que había tenido el primer síntoma de taquicardia hasta el instante en que alcanzó la puerta, había pasado los dos minutos más aterradores de su vida.

Cuando llegaron a la sala de espera iluminada, no obstante, todo pareció volver. Los colores eran fuertes, el ruido de la calle parecía entrar por todos lados y el conjunto era totalmente irreal. Comenzó a reparar en detalles que nunca antes había notado: la nitidez de la visión, por ejemplo, que cubre apenas una pequeña área donde concentramos nuestros ojos, mientras que el resto queda completamente desenfocado.

Fue más lejos aún: sabía que todo lo que veía a su alrededor no pasaba de ser una escena creada por impulsos eléctricos dentro de su cerebro, que utilizaba impulsos de luz que atravesaban un cuerpo gelatinoso llamado «ojo».

No. No podía empezar a pensar en eso. Si seguía por ese camino iba a terminar completamente loca.

A estas alturas el miedo al aneurisma ya había pasado. Había salido de la sala de proyección y continuaba viva, mientras que su amiga no había tenido ni tiempo de moverse de la silla.

—Llamaré a una ambulancia —dijo su marido, al ver el rostro pálido y los labios sin color de su mujer.

—Llama a un taxi —pidió, escuchando el sonido que salía de su boca, consciente de la vibración de cada cuerda vocal.

Ir al hospital significaba aceptar que estaba realmente muy mal, y Mari estaba decidida a luchar hasta el último minuto para que las cosas volviesen a ser lo que eran.

Salieron de la sala de espera y el frío cortante pareció ejercer algún efecto positivo; Mari fue recuperando poco a poco el control de sí misma, aun cuando el pánico, el terror inexplicable, continuase. Mientras el mando, desesperado, intentaba encontrar un taxi a aquella hora de la noche, ella se sentó en el borde de la acera y procuró no mirar lo que la rodeaba, porque los chicos que jugaban, los autobuses que pasaban, la música que venia de un parque de diversiones en las cercanías, todo aquello parecía absolutamente surrealista, aterrador, irreal.

Finalmente apareció un taxi.

—¡Al hospital! —dijo el marido, mientras ayudaba a la mujer a entrar.

—A casa, por el amor de Dios —pidió ella. No quería más lugares extraños, necesitaba desesperadamente cosas familiares, iguales, capaces de disminuir el miedo que sentía.

—Estoy mejorando —dijo al marido—. Debe de haber sido algo que comí.

Cuando llegaron a la casa, el mundo volvía a parecer el mismo que conocía desde su infancia. Al ver que el marido se dirigía hacia el teléfono, le preguntó qué iba a hacer.

—Llamar a un médico.

—No hace falta. Mírame, verás que estoy bien.

El color había vuelto a su rostro, el corazón latía normalmente y el miedo incontrolable había desaparecido.

Mari durmió pesadamente aquella noche y se despertó con una certeza: alguien debía de haber colocado alguna droga en el café que habían bebido antes de entrar en el cine. Todo no había pasado de ser una broma peligrosa, y ella estaba dispuesta, al atardecer, a llamar a un oficial del juzgado e ir hasta el bar para intentar descubrir al irresponsable autor de la idea.

Se fue al trabajo, despachó algunos procesos que estaban pendientes y procuró ocuparse con los más diversos asuntos, pues la experiencia del día anterior la había dejado aún un poco asustada, y necesitaba demostrarse a sí misma que aquello no se repetiría nunca más.

Discutió con uno de sus socios el film sobre El Salvador y mencionó, de paso, que ya estaba cansada de hacer todos los días lo mismo.

—Quizás haya llegado la hora de retirarme.

—Eres una de las mejores que tenemos —le dijo el socio—. Y el Derecho es una de las raras profesiones donde la edad siempre cuenta a favor. ¿Por qué no te tomas unas largas vacaciones? Estoy seguro de que después volverás aquí con entusiasmo.

—Quiero dar un vuelco total a mi vida; vivir una aventura, ayudar a los otros, hacer algo que nunca hice.

La conversación acabó allí. Fue hasta la plaza, almorzó en un restaurante más caro que el que acostumbraba a almorzar siempre y volvió más temprano al despacho. A partir de aquel momento estaba empezando su retirada.

El resto de los empleados aún no había regresado, y Mari aprovechó para ver el trabajo que aún estaba sobre su mesa. Abrió el cajón para tomar una estilográfica que siempre colocaba en el mismo lugar y no consiguió encontrarla. Por una fracción de segundo pensó que quizás estuviera actuando de manera extraña, pues no había colocado la pluma donde debía.

Fue lo suficiente para que su corazón se volviera a disparar y el terror de la noche anterior volviese con toda su fuerza.

Mari se quedó paralizada. El sol que entraba por las persianas daba a todo un color diferente, más vivo, más agresivo, pero ella tenía la sensación de que se iba a morir en el próximo minuto; todo aquello era absolutamente extraño. ¿Qué estaba haciendo en aquel despacho?

«Dios mío, yo no creo en Ti, pero ayúdame.»

Volvió otra vez el sudor frío, y vio que no podía controlar su miedo. Si alguien entraba allí en aquel momento notaría su mirada asustada y ella estaría perdida.

«El frío.»

El frío había hecho que se sintiese mejor el día anterior pero, ¿cómo llegar hasta la calle? Otra vez estaba sintiendo cada detalle de lo que le sucedía: el ritmo de la respiración (había momentos en que sentía que si no inspiraba y expiraba el cuerpo seria incapaz de hacerlo por sí solo), el movimiento de la cabeza (las imágenes cambiaban de lugar como si hubiese una cámara de televisión girando), el corazón disparando cada vez más, el cuerpo bañado por un sudor helado y pastoso.

Y el terror. Sin ninguna explicación, un miedo enorme a hacer cualquier cosa, dar cualquier paso, salir de donde estaba sentada.

«Pasará.»

Había pasado el día anterior. Pero ahora estaba en el trabajo, ¿qué haría? Miró el reloj, que le pareció también un mecanismo absurdo, con dos agujas girando en torno al mismo eje, indicando una medida de tiempo que nadie jamás había explicado por qué debía ser 12 y no 10 — como todas las otras medidas creadas por el hombre.

«No puedo pensar en estas cosas. Me volverán loca.»

Loca. Tal vez fuese la palabra adecuada para lo que le estaba pasando. Reuniendo toda su voluntad, Mari se levantó y se dirigió al toilette. Felizmente la oficina continuaba vacía y ella consiguió llegar a donde quería en un minuto, que le pareció una eternidad. Se lavó la cara, la sensación de extrañeza disminuyó, pero el miedo continuaba.

«Pasará» se decía a sí misma. «Ayer se pasó.»

Recordaba que el día anterior todo había insumido aproximadamente unos treinta minutos. Se encerró dentro de uno de los baños, se sentó y colocó la cabeza entre las piernas. La posición hizo que el sonido de su corazón se ampliase, y Mari entonces levantó el cuerpo.

«Pasara.»

Se quedó allí, pensando que ya no se conocía más a sí misma, que estaba irremediablemente perdida. Escuchó pasos de gente entrando y saliendo del lavabo, grifos que se abrían y cerraban, conversaciones inútiles sobre temas banales. Más de una vez alguien intentó abrir la puerta del baño donde estaba, pero ella emitía un murmullo y nadie insistía. Los ruidos de las descargas sonaban como algo terrorífico, capaz de derribar el edificio y llevarse a todas las personas al infierno.

Pero —según había previsto— el miedo fue pasando y su corazón volvía a la normalidad. Por suerte su secretaría era lo suficientemente incompetente como para ni siquiera notar su falta, de lo contrario toda la oficina habría estado en el lavabo preguntando si se encontraba bien.

Cuando notó que había podido recuperar su autocontrol, Mari abrió la puerta, se lavó la cara un buen rato y regresó a su sala.

—Está usted sin maquillaje —le dijo una becaria—. ¿Quiere que le preste el mío?

Mari no se tomó el trabajo de contestar. Entró en su despacho, tomó su bolso, sus pertenencias personales y le dijo a su secretaria que se iba a casa por el resto del día.

—¡Pero tiene muchas entrevistas marcadas! —protestó la secretaria.

—Usted no da órdenes: las recibe. Haga exactamente lo que le mando: anule las citas.

La secretaria acompañó con los ojos a aquella mujer con la que trabajaba desde hacía casi tres años y nunca le había hablado de esa forma. Algo muy serio le debía de estar pasando. Quizás alguien le había dicho que el marido estaba en la casa con una amante y ella quería sorprenderlo en flagrante adulterio.

«Es una abogada competente, sabe cómo actuar», se dijo a sí misma la chica. Seguramente mañana le pediría disculpas.

No hubo «mañana». Aquella noche, Mari tuvo una extensa conversación con su marido y le describió todos los síntomas que había sentido. Juntos llegaron a la conclusión de que las palpitaciones en el corazón, el sudor frío, la sensación de extrañeza, impotencia y descontrol, todo podía ser resumido en una sola palabra: miedo.

Marido y mujer estudiaron juntos lo que estaba pasando. Él pensó en un tumor en la cabeza, pero no dijo nada. Ella pensó que estaba teniendo premoniciones de algo terrible, y tampoco lo dijo. Buscaron un terreno común para dialogar, con la lógica y la razón de la gente madura.

—Creo que sería conveniente que te hicieses unos exámenes.

Mari aceptó bajo una condición: nadie, ni siquiera sus hijos, podían saber nada.

Al día siguiente solicitó —y recibió— una licencia no remunerada de treinta días en el estudio de abogacía. El marido pensó en llevarla a Austria, donde estaban los grandes especialistas de enfermedades cerebrales, pero ella no quería salir de casa. Los ataques ahora eran más frecuentes y duraban más tiempo.

Con muchas dificultades y bajo calmantes, los dos fueron hasta un hospital en Ljubljana y Mari se sometió a una cantidad enorme de exámenes. No se le encontró nada anormal, ni rastros de aneurisma, lo que la tranquilizó definitivamente a este respecto.

Pero los ataques de pánico continuaban. Mientras el marido se ocupaba de las compras y cocinaba, Mari hacía una limpieza diaria y compulsiva de la casa, para mantener su mente concentrada en otras cosas. Comenzó a leer todos los libros de psiquiatría que podía encontrar, pero los suspendió pronto porque le parecía identificarse con cada una de las enfermedades que eran descritas allí.

Lo más terrible de todo era que, a pesar de que los ataques no eran ya ninguna novedad, ella continuaba sintiendo pavor, extrañeza ante la realidad, incapacidad para controlarse. Además de eso, empezó a culparse por la situación del marido, que estaba obligado a trabajar el doble al tener que suplir sus tareas de ama de casa, con excepción de la limpieza.

Al ver que los días pasaban y la situación no se

resolvía, Mari comenzó a sentir —y a exteriorizar— una irritación profunda. Todo era motivo para que perdiese la calma y comenzase a gritar, terminando, invariablemente, en un llanto compulsivo.

Pasados los treinta días el socio de Mari en el despacho apareció en la casa. Él llamaba todos los días pero ella no atendía el teléfono o mandaba al marido decir que estaba ocupada. Aquella tarde él simplemente permaneció tocando el timbre hasta que le abrieron la puerta.

Mari había pasado una mañana tranquila. Preparó un té, hablaron sobre el despacho y él le preguntó cuándo volvería a trabajar.

—Nunca más.

El recordó la conversación sobre El Salvador.

—Siempre has dado lo mejor de ti, y tienes derecho a elegir lo que quieras hacer con tu vida —dijo él, sin rencor en la voz—. Pero pienso que el trabajo, en estos casos, es la mejor de las terapias. Haz tus viajes, conoce el mundo, sé útil donde creas que te necesitan, pero recuerda que las puertas de nuestro estudio están abiertas esperando tu regreso.

Al oír eso Mari estalló en sollozos, como acostumbraba a hacer últimamente con mucha facilidad.

El socio esperó hasta que, ella se calmara. Como buen abogado, no preguntó nada; sabía que tenía más posibilidades de conseguir una respuesta con su silencio que con una pregunta.

Y así fue. Mari le contó todo, desde lo que le había pasado en el cine hasta sus recientes ataques histéricos con el marido, que tanto la apoyaba.

—Estoy loca —dijo.

—Es una posibilidad —respondió él, con aire de

quien entiende todo, pero con ternura en su voz—. En este caso tienes dos alternativas: tratarte o seguir enferma.

—No hay tratamiento para lo que yo estoy sintiendo. Continúo en pleno dominio de mis facultades mentales y estoy tensa porque esta situación ya se prolonga demasiado tiempo. Pero no tengo los síntomas clásicos de la locura, como ausencia de la realidad, desinterés o agresividad descontrolada. Sólo miedo.

—Es lo que todos los locos dicen: que son normales.

Los dos rieron, y ella preparó un poco más de té. Conversaron sobre el tiempo, el éxito de la independencia eslovena, las tensiones que comenzaban a surgir entre Croacia y Yugoslavia. Mari veía cada día mucha televisión y estaba muy bien informada sobre todo.

Antes de despedirse, el socio retomó el asunto.

—Acaban de abrir un sanatorio en la ciudad —dijo. Capital extranjero y tratamiento del primer mundo.

—¿Tratamiento de qué?

—Desequilibrios, por así decir. Y el miedo exagerado es un desequilibrio.

Mari prometió pensar en el asunto pero no to ninguna decisión en ese sentido. Continuó teniendo los ataques de pánico durante otro mes, hasta entender que no solamente su vida personal, sino su matrimonio se estaba viniendo abajo. Nuevamente pidió algunos calmantes y se atrevió a salir de la casa, por segunda vez en setenta días.

Tomó un taxi y se fue hasta el nuevo sanatorio. En el camino, el chofer le preguntó si iba a visitar a alguien.

—Dicen que es muy confortable, pero también dicen que hay locos furiosos y que los tratamientos incluyen electroshocks.

—Voy a visitar a alguien —respondió Mari.

Bastó apenas una hora de conversación para que los dos meses de sufrimiento de Mari terminasen. El jefe de la institución —un hombre alto, con los cabellos teñidos de negro, que atendía con el nombre de doctor Igor— le explicó que se trataba sólo de un caso de Síndrome de Pánico, enfermedad recién admitida en los anales de la psiquiatría universal.

—No significa que la enfermedad sea nueva — explicó, cuidando de ser bien comprendido—. Sucede que las personas afectadas acostumbraban a esconderla, por miedo a ser confundidas con locos. Es apenas un desequilibrio químico del organismo, al igual que la depresión.

El doctor Igor escribió una receta y le pidió que volviese a su casa.

—No quiero volver ahora —respondió Mari—. A pesar de todo lo que usted me ha explicado, no voy a tener el valor de salir a la calle. Mi matrimonio se ha vuelto un infierno y tengo que dejar que mi marido también se recupere de estos meses que ha pasado cuidando de mí.

Como siempre sucedía en casos como éste —ya que los accionistas querían mantener el hospital funcionando a plena capacidad— el doctor Igor aceptó la internación, aunque dejando bien claro que no era necesaria.

Mari recibió la medicación adecuada, tuvo asistencia psicológica y los síntomas fueron disminuyendo hasta desaparecer completamente.

En este intervalo, sin embargo, la noticia de su internación corrió por la pequeña ciudad de Ljubljana. Su socio, amigo de muchos años, compañero de muchas horas de alegrías y disgustos, vino a visitarla a Villete. La felicitó por haber tenido el valor de seguir su consejo y haber buscado ayuda, pero después le dijo la razón de su venida:

—Quizás sea realmente el momento de retirarte.

Mari entendió lo que había detrás de aquellas palabras: nadie iba a querer confiar sus asuntos a una abogada que ya había estado internada en un manicomio.

—Dijiste que el trabajo era la mejor terapia. Tengo que volver, aunque sea por poco tiempo.

Ella aguardó cualquier reacción, pero él no dijo nada. Mari continuó:

—Tú mismo me sugeriste que me tratase. Cuando yo pensaba en la jubilación, estaba pensando en salir victoriosa, realizada, por mi libre y espontánea voluntad. No quiero dejar mi empleo así, porque fui derrotada. Dame por lo menos una oportunidad de recuperar mi autoestima y entonces pediré la jubilación.

El abogado carraspeó.

—Yo sugerí que te trataras, no que te internaras.

—Pero era una cuestión de supervivencia. Yo simplemente no conseguía salir a la calle, mi matrimonio se estaba acabando.

Mari sabía que estaba desperdiciando sus palabras. Nada de lo que dijese o hiciese conseguiría disuadirlo.

Al fin y al cabo era el prestigio del estudio lo que estaba en juego. Aun así, lo intentó una vez más.

—Yo aquí dentro he convivido con dos tipos de personas: gente que no tiene posibilidad de volver a la sociedad y gente que está absolutamente curada, pero prefiere fingirse loca para no tener que enfrentarse a las responsabilidades de la vida. Yo quiero, necesito, volver a gustarme a mí misma, debo convencerme de que soy capaz de tomar mis propias decisiones. No puedo ser empujada a cosas que no he escogido.

—Podemos cometer muchos errores en nuestras vidas —contestó el abogado—, menos uno: aquel que nos destruye.

Era inútil continuar la conversación: en su opinión, Mari había cometido un error fatal.

Dos días después, le anunciaron la visita de otro abogado, esta vez de un estudio diferente, considerado el mejor rival de sus ahora ex compañeros. Mari se animó: quizás él supiese que ella estaba libre para aceptar un nuevo empleo y allí estaba la oportunidad de recuperar su lugar en el mundo.

El abogado entró en la sala de visitas, se sentó delante de ella, sonrió, le preguntó si ya estaba mejor y sacó varios papeles de su portafolios.

—Estoy aquí en representación de su marido —dijo—. Esto es un pedido de divorcio. Naturalmente, él pagará sus gastos de hospital durante el tiempo en que permanezca aquí.

Esta vez Mari no reaccionó. Firmó todo, aun sabiendo que, de acuerdo con la Justicia que conocía, podía prolongar indefinidamente aquella batalla. Seguidamente fue a hablar con el doctor Igor y le dijo que los síntomas de pánico habían retornado.

El doctor Igor sabía que ella estaba mintiendo, pero prolongó la internación por tiempo indeterminado.

Veronika decidió ir a acostarse, pero Eduard continuaba de pie, al lado del piano.

—Estoy cansada, Eduard. Necesito dormir.

Le hubiese gustado seguir tocando para él, extrayendo de su memoria anestesiada todas las sonatas y adagios que conocía, porque él sabía admirar sin exigir. Pero su cuerpo no aguantaba más.

¡Era un hombre tan bien parecido, tan atrayente! Si por lo menos saliese un poco de su mundo y la mirase como mujer, entonces sus últimas noches en esta tierra podían ser las más hermosas de su vida, porque Eduard era el único capaz de entender que Veronika era una artista. Había conseguido con aquel hombre un tipo de vínculo como jamás lo había tenido con nadie: a través de la emoción pura de un *andante* o de un *allegro*.

Eduard era el hombre ideal; sensible, educado, había destruido un mundo carente de interés para recrearlo de nuevo en su cabeza esta vez con nuevos colores, personajes e historias. Y este mundo nuevo incluía una mujer, un piano y una luna que continuaba creciendo.

—Yo podría enamorarme ahora, entregarme enteramente a ti —dijo, sabiendo que él no podía entenderla— Tú me pides apenas un poco de música, pero yo soy mucho más de lo que pensaba que era, y me gustaría compartir otras cosas que he llegado a entender.

Eduard sonrió. ¿Lo habría entendido? Veronika sintió miedo (el manual de buena educación dice que no se debe hablar de amor de una manera tan directa, y jamás a un hombre al que se ha visto tan pocas veces). Pero decidió continuar, porque no tenía nada que perder

—Tú eres el único hombre sobre la faz de la Tierra

por el cual me puedo apasionar, Eduard. Simplemente porque, cuando yo muera, tú no sentirás mi falta. No sé lo que un esquizofrénico siente, pero ciertamente no debe ser nostalgia de nadie.

«Quizás al principio te extrañará no escuchar más música durante la noche; sin embargo, siempre que aparezca la luna habrá alguien dispuesto a tocar sonatas, principalmente en un sanatorio, ya que aquí todos somos «lunáticos».

Ignoraba cuál era la relación entre los locos y la luna, pero debía de ser muy fuerte puesto que usaban una palabra derivada de ella para describir a los enfermos mentales.

—Y yo tampoco sentiré tu falta, Eduard, porque estaré muerta, lejos de aquí. Y como no tengo miedo de perderte, no me importa lo que puedas pensar o no de mi, y hoy toqué para ti como una mujer enamorada. Fue magnífico. Fue el mejor momento mi vida.

Miró a Mari, allí afuera. Recordó sus palabras. Y volvió a mirar al muchacho frente a ella.

Veronika se sacó el jersey y se acercó a Eduard; si tenía que hacer algo, mejor ahora. Mari no aguantaría el frío de allá afuera mucho tiempo y pronto volvería a entrar El retrocedió. La pregunta en sus ojos era otra: ¿cuándo volvería al piano? ¿Cuándo tocaría una nueva música, para llenar su alma con los mismos colores, sufrimientos, dolores y alegrías de aquellos compositores locos, que habían atravesado tantas generaciones con sus obras?

—La mujer que está allá afuera me dijo: «Mastúrbate. Conoce adónde quieres llegar». ¿Podré ir más lejos de lo que siempre fui?

Ella tomó su mano y lo quiso llevar hasta el sofá, pero Eduard, educadamente, rehusó. Prefería quedarse de pie donde estaba, al lado del piano, esperando pacientemente que ella volviera a tocar.

Veronika se quedó desconcertada, pero pronto se dio cuenta de que no tenía nada que perder Estaba muerta, ¿de qué servia estar alimentando los miedos y prejuicios que siempre limitaron su vida? Se sacó la blusa, el pantalón, el sostén, las bragas y se quedó desnuda delante de él.

Eduard rió. Ella no sabía de qué, pero se dio cuenta de que había reído. Delicadamente tomó su mano y la colocó sobre su sexo; la mano se quedó allí, inmóvil. Veronika desistió de la idea y la retiró.

Algo la estaba excitando mucho más que un simple contacto físico con aquel hombre: el hecho de que podía hacer lo que quisiera, de que no había límites: excepto la mujer de afuera, que podía entrar en cualquier momento, nadie más debía de estar despierto.

La sangre empezó a correr más rápidamente, y el frío que sintiera al desnudarse fue desapareciendo. Los dos estaban de pie, frente a frente, ella desnuda, él totalmente vestido. Veronika descendió la mano hasta su sexo y comenzó a masturbarse; ya había hecho eso antes, sola o con alguna pareja, pero nunca en una situación como ésta, en la que el hombre no mostraba el menor interés por lo que estaba aconteciendo.

Y eso era excitante, muy excitante. De pie, con las piernas abiertas, Veronika se tocaba su sexo, sus senos, sus cabellos, entregándose como nunca se entregara. No tanto porque quería ver a aquel chico saliendo de su mundo distante como porque nunca había experimentado algo así.

Empezó a hablar, a decir cosas impensables, que sus padres, sus amigos, sus ancestros habrían considerado lo más sucio del mundo. Llegó el primer orgasmo y se mordió los labios para no gritar de placer.

Eduard la miraba frente a frente, fijamente. Había un brillo diferente en sus ojos, parecía que estaba comprendiendo alguna cosa, aunque fuese la energía, el calor, el sudor, el olor que exhalaba su cuerpo. Veronika aún no estaba satisfecha. Se arrodilló y comenzó a masturbarse otra vez.

Quería morir de gozo, de placer, pensando y realizando todo lo que siempre le había sido prohibido: imploró al hombre que la tocara, que la sometiera, que la usase para todo lo que le viniera en ganas. Le hubiera gustado que Zedka también estuviese allí, porque una mujer sabe cómo tocar el cuerpo de otra como ningún hombre lo consigue, ya que conoce todos sus secretos.

De rodillas, ante aquel hombre de pie, ella se sintió poseída y tocada, y usó palabras fuertes para describir lo que quería que él le hiciera. Un nuevo orgasmo fue llegando, esta vez más fuerte que nunca, como si todo a su alrededor fuese a explotar. Se acordó del ataque al corazón que había tenido aquella mañana, pero ya no tenía la menor importancia, iba a morir gozando, explotando. Se sintió tentada de sujetar el sexo de Eduard, que se encontraba bien delante de su rostro, pero no quería correr ningún riesgo de estropear aquel momento; estaba yendo lejos, muy lejos, exactamente como le había dicho Mari.

Se imaginó reina y esclava, dominadora y dominada. En su fantasía, hacía el amor con blancos, negros, amarillos, homosexuales, mendigos. Era de todos, y todos podían hacer todo. Tuvo uno, dos, tres orgasmos seguidos. Imaginó todo lo que nunca había imaginado antes, y se entregó a lo más vil y a lo más puro. Finalmente no consiguió contenerse más y gritó mucho, de placer, del dolor de los orgasmos seguidos, de los muchos hombres y mujeres que habían entrado y salido de su cuerpo, usando las puertas de su mente.

Se acostó en el suelo y se dejó estar allí, inundada de sudor, con el alma llena de paz. Había escondido a sí misma sus deseos ocultos, sin nunca saber bien por qué, y no necesitaba una respuesta. Le bastaba haber hecho lo que había hecho: entregarse.

Poco a poco el Universo fue volviendo a su lugar, y Veronika se levantó. Eduard se había mantenido inmóvil todo el tiempo, pero algo en él parecía haber cambiado: sus ojos demostraban ternura, una ternura muy próxima a este mundo.

«Fue tan bueno que consigo ver amor en todo. Hasta en los ojos de un esquizofrénico.»

Empezaba a vestirse cuando sintió una tercera presencia en la sala.

Mari estaba allí. Veronika no sabía cuándo había entrado, lo que había escuchado o visto, pero aún así no sentía ni vergüenza ni miedo. Se limitó a mirarla con la misma distancia con que se mira a una persona demasiado próxima.

—Hice lo que tú me sugeriste —dijo—. Llegué lejos.

Mari permaneció callada; acababa de revivir momentos muy importantes de su vida y sentía un cierto malestar. Quizás fuera la hora de regresar al mundo, enfrentar las cosas allá afuera, decir que todos podían ser miembros de una gran Fraternidad, aunque nunca hubieran conocido un manicomio.

Como aquella chica, por ejemplo, cuya única razón para estar en Villete era haber atentado contra su propia vida. Ella nunca había conocido el pánico, la depresión, las visiones místicas, las psicosis, los límites a los que la mente humana nos puede llevar. Aunque hubiese conocido a tantos hombres, nunca había sentido lo que hay de más oculto en sus deseos, y el resultado era que no conocía ni la mitad de su vida. ¡Ah, si todos pudiesen conocer y convivir con su locura interior! ¿Sería peor el mundo? No, las personas serían más justas y felices.

—¿Por qué no hice nunca esto antes?

—Él quiere que toques una pieza más —dijo Mari, mirando hacia Eduard—. Creo que lo merece.

—Lo haré, pero contéstame: ¿por qué nunca había hecho esto antes? Si soy libre, si puedo pensar en todo lo que quiero, ¿,por qué siempre evité imaginar situaciones prohibidas?

—¿Prohibidas? Escucha: fui abogada, y conozco las leyes. También fui católica, y sabía de memoria muchas partes de la Biblia. ¿Qué quieres decir con «prohibidas»?

Mari se acercó a ella y la ayudó a ponerse el jersey.

—Mírame bien a los ojos y no te olvides de lo que te voy a decir. Sólo existen dos cosas prohibidas: una por la ley del hombre y otra por la ley de Dios. Nunca fuerces una relación con alguien, pues es considerado estupro. Y nunca tengas relaciones con menores, porque éste es el peor de los pecados. Aparte de esto, eres libre. Siempre existe alguien queriendo exactamente lo mismo que tú deseas.

Mari no estaba con paciencia para enseñar cosas importantes a alguien que iba a morir tan pronto. Con una sonrisa dijo «buenas noches» y se retiró.

Eduard no se movió, esperando su música. Veronika tenía que recompensarlo por el inmenso placer que le había proporcionado, sólo por permanecer delante de ella contemplando su locura sin pavor ni repulsión. Se sentó al piano y volvió a tocar.

Sentía el alma ligera, y ni siquiera el miedo a la muerte

la atormentaba más. Había vivido lo que siempre
escondiera de sí misma. Había experimentado los
placeres de virgen y de prostituta, de esclava y de reina
—más de esclava que de reina.

Aquella noche, como por milagro, todas las canciones
que sabía volvieron a su mente, e hizo que Eduard tuviese
casi tanto placer como ella había tenido.

Cuando encendió la luz, el doctor Igor quedó
sorprendido al ver a la chica sentada en la sala de espera
de su consultorio.

—Aún es muy temprano, y tengo el día muy ocupado.

—Sé que es temprano —dijo ella—. Y aún no ha
empezado el día. Pero necesito hablar un poco, sólo un
poco. Necesito ayuda.

Tenía ojeras, la piel sin brillo, síntomas típicos de
quien ha pasado la noche en vela. El doctor Igor resolvió
dejarla entrar.

Le pidió que se sentase, encendió la luz del
consultorio y abrió las cortinas. Iba a amanecer en menos
de una hora y pronto podría ahorrar el gasto de
electricidad: los accionistas vigilaban mucho los gastos,
por insignificantes que fueran...

Dio una rápida mirada a su agenda; Zedka ya había
recibido su último shock de insulina y había reaccionado
bien, o más exactamente, había conseguido sobrevivir a

ese tratamiento inhumano. Menos mal que, en aquel caso específico. el doctor Igor había exigido que el Consejo del hospital firmase una declaración responsabilizándose por los resultados.

Pasó a examinar los informes: dos o tres pacientes habían actuado de manera agresiva durante la noche (según relato de los enfermeros) entre ellos Eduard, que había vuelto a la enfermería a las cuatro de la madrugada y se había rehusado a tomar sus pastillas para dormir. El doctor Igor tenía que tomar alguna medida; por más liberal que Villete fuese internamente era preciso mantener las apariencias de una institución conservadora y severa.

—Tengo que pedirle algo muy importante —le dijo la chica.

Pero el doctor Igor no le prestó atención. Con un estetoscopio comenzó a auscultar sus pulmones y su corazón. Probó sus reflejos y examinó el fondo de su reti-na con una pequeña linterna portátil. Vio que ella no tenía apenas rastros de envenenamiento por el Vitriolo, o Amargura, como todos preferían llamarlo.

Después tomó el teléfono y pidió a la enfermera que trajera una medicina de nombre complicado.

—Parece que usted no tomó su inyección anoche —le dijo.

—Pero me siento mejor.

—Se puede ver en su cara: ojeras, cansancio, falta de reflejos inmediatos. Si usted quiere aprovechar el poco tiempo que le queda, por favor, haga lo que yo le mando.

—Justamente por eso es que estoy aquí. Quiero aprovechar el poco tiempo pero a mi manera. ¿Cuánto me queda?

El doctor Igor la miró por encima de sus gafas.

—Puede usted responderme —insistió ella—. Ya no

tengo miedo, ni indiferencia, ni nada. Tengo ganas de vivir, pero sé que eso no basta, y estoy resignada con mi destino.

—¿Entonces qué quiere?

La enfermera entró con la inyección. El doctor Igor hizo una señal con la cabeza y ella levantó delicadamente la manga del suéter de Veronika.

—¿Cuánto tiempo me queda? —repitió Veronika, mientras la enfermera le aplicaba la inyección.

—Veinticuatro horas. Quizás menos.

Ella bajó los ojos y mordió los labios. Pero mantuvo el control.

—Quiero pedirle dos favores. El primero, que me dé un remedio, una inyección, sea lo que sea pero que me mantenga despierta hasta entonces, para aprovechar cada minuto que me queda de vida. Tengo mucho sueño, pero no quiero dormir, tengo mucho qué hacer, cosas que siempre dejé para el futuro, cuando pensaba que la vida era eterna. Cosas por las cuales perdí el interés cuando empecé a pensar que la vida no valía la pena.

—¿Y su segundo pedido?

—Salir de aquí y morir afuera. Tengo que subir al castillo de Ljubljana, que siempre estuvo allí y yo nunca tuve la curiosidad de verlo de cerca.

«Tengo que hablar con la mujer que vende castañas en invierno y flores en primavera; ¿cuántas veces nos cruzamos y yo nunca le pregunté cómo estaba? Quiero andar por la nieve sin abrigo, sintiendo el frío intenso, yo, que siempre iba bien abrigada por miedo a contraer un resfriado.

«En fin, doctor Igor, tengo que sentir la lluvia en mi rostro, sonreír a los hombres que me interesan, aceptar todos los cafés a los que me convidan. Tengo que besar a mi madre, decirle que la quiero, llorar en su pecho, sin vergüenza de mostrar mis sentimientos porque siempre los tuve, pero los escondía.

«Quizás entre en la iglesia, mire aquellas imágenes que nunca me dijeron nada y terminen diciéndome algo. Si un hombre interesante me convida a ir a bailar, bailaré la noche entera hasta caer exhausta. Después me acostaré con él, pero no de la manera como me fui con los otros, unas veces intentando mantener el control, otras fingiendo cosas que no sentía. Quiero entregarme a un hombre, a la ciudad, a la vida y, finalmente, a la muerte.

Hubo un pesado silencio cuando Veronika acabó de hablar. Médico y paciente se miraban a los ojos, absortos, tal vez distraídos con las muchas posibilidades que unas simples veinticuatro horas podían ofrecer.

—Puedo darle algunos medicamentos estimulantes, pero no se lo aconsejo —dijo finalmente el doctor Igor—. Le alejarán el sueño, pero también le quitarán la paz que usted necesita para vivir todo eso.

Veronika empezó a sentirse mal; siempre que le daban aquella inyección algo malo sucedía en su cuerpo.

—Se está poniendo pálida. Quizás será mejor que vaya a la cama y volveremos a hablar sobre esto mañana.

Ella sintió otra vez ganas de llorar, pero continuó manteniendo el control.

—No habrá mañana, usted lo sabe bien. Estoy cansada, doctor Igor, muy cansada. Por eso le pedí las pastillas. Pasé la noche en vela, entre la angustia y la resignación. Podía haber tenido un nuevo ataque histérico de miedo, como sucedió ayer, pero, ¿de qué serviría? Si aún tengo veinticuatro horas de vida y hay tantas cosas ante mí, decidí que era mejor dejar la desesperación a un lado.

«Por favor, doctor Igor, déjeme vivir el poco tiempo que me queda, porque ambos sabemos que mañana puede ser tarde.

—Vaya a dormir ahora —insistió el médico— y vuelva aquí al mediodía. Volveremos a hablar.

Veronika vio que no había salida.

—Voy a dormir y volveré. Pero ¿tenemos aún algunos minutos?

—Muy pocos. Estoy muy ocupado hoy.

—Voy a ser directa. Anoche, por primera vez, me masturbé de una manera completamente libre. Pensé en todo lo que nunca me había atrevido a pensar, sentí placer con cosas que antes me asustaban o me repelían.

El doctor Igor asumió la postura más profesional posible. No sabía adónde lo podía llevar esta conversación, y no quería problemas con sus superiores.

—Descubrí que soy una pervertida, doctor. Quiero saber si esto influyó para que yo intentase el suicidio. Hay muchas cosas que yo desconocía de mí misma.

«Bien, es sólo una respuesta» pensó él. «No necesito llamar a la enfermera para testificar la conversación y evitar futuros procesamientos por abuso sexual.»

—Todos nosotros queremos hacer cosas diferentes —respondió—. Y nuestras parejas también. ¿Qué es lo que hay de mal en eso?

—Responda usted mismo.

—Pues todo. Porque cuando todos sueñan y sólo algunos pocos realizan, el mundo entero se siente cobarde.

—¿Aunque estos pocos tengan razón?

—Quien tiene razón es el más fuerte. En este caso, paradojalmente, los cobardes son más valientes, y consiguen imponer sus ideas.

El doctor Igor no quería ir más lejos.

—Por favor, vaya a descansar un poco porque tengo otros pacientes que atender. Si usted colabora, veré lo que puedo hacer respecto a su segundo pedido.

La chica salió. Su próxima paciente era Zedka, que
debería recibir el alta, pero el doctor Igor le pidió que
esperase un poco; tenía que tomar unas notas sobre la
conversación que acababa de tener.

Era necesario incluir un extenso capítulo sobre sexo
en su disertación sobre el Vitriolo. Al fin y al cabo, la
mayor parte de las neurosis y psicosis provenían de allí.
Según él, las fantasías son impulsos eléctricos en el
cerebro y cuando no son realizadas terminan descargando
su energía en otras áreas.

Cuando cursaba Medicina, el doctor Igor había leído
un interesante tratado sobre las minorías sexuales:
sadismo, masoquismo, homosexualismo, coprofagia,
voyeurismo, deseo de decir palabras sórdidas... en fin,
la lista era muy extensa. Al principio creía que aquello
era apenas el desvío de algunas personas desajustadas,
que no conseguían una relación saludable con su pareja.

Sin embargo, a medida que iba avanzando en la
profesión de psiquiatra y entrevistando a sus pacientes,
se daba cuenta de que todo el mundo tenía algo diferente
para contar. Se sentaban en el confortable sillón de su
despacho y, con la mirada baja, iniciaban una extensa
disertación sobre lo que llamaban «enfermedades (¡como
si el médico no fuera él!) o «perversiones» (¡como si no
fuese él, el psiquiatra, el encargado de decidir!).

Y, una por una, las personas «normales» describían
fantasías que constaban en el famoso libro sobre las
minorías eróticas, un libro, dicho sea de paso, que
defendía el derecho de cada uno a tener el orgasmo que
quisiera, siempre que no violentase el derecho de su
compañero en el acto.

Mujeres que habían estudiado en colegio de monjas

soñaban con ser humilladas; hombres de chaqueta y corbata, funcionarios públicos de alto escalafón, confesando que gastaban fortunas con prostitutas rumanas sólo para poder lamerles los pies. Muchachos enamorados de muchachos, chicas enamoradas de sus amigas de colegio. Maridos que querían ver a sus mujeres poseídas por extraños, mujeres que se masturbaban cada vez que encontraban una huella de adulterio de su hombre. Madres que necesitaban controlar el impulso de entregarse al primer hombre que tocaba el timbre de su casa para traer algo, padres que contaban aventuras secretas con los rarísimos travestis que conseguían pasar el riguroso control de la frontera.

Y orgías. Parecía que todo el mundo, por lo menos una vez en la vida, deseaba participar en una orgía.

El doctor Igor dejó descansar un poco su estilográfica y reflexionó sobre sí mismo: ¿él también? Sí, a él también le gustaría. La orgía, tal cual la imaginaba, debía de ser algo completamente anárquico, alegre, donde no existiera el sentimiento de posesión, sino sólo el placer y el desorden.

¿Sería ésta una de las principales causas de la gran cantidad de personas envenenadas por la Amargura?

Casamientos restringidos a una monogamia forzada, donde el deseo sexual (según estudios que el doctor Igor guardaba cuidadosamente en su biblioteca médica) desaparecía al tercer o cuarto año de convivencia. A partir de allí la mujer se sentía rechazada, el hombre se sentía esclavo del casamiento, y el Vitriolo —la Amargura— comenzaba a destruir todo.

Las personas ante un psiquiatra hablaban más abiertamente que ante un cura, porque el médico no podía amenazar con el infierno. Durante su larga carrera de psiquiatra, el doctor Igor ya había oído prácticamente todo lo que ellas tenían para contar

Contar. Raramente hacer. Aún después de varios años de profesión, él todavía se preguntaba por qué tanto miedo a ser diferente.

Cuando procuraba saber la razón, la respuesta más escuchada era: «mi marido pensará que soy una prostituta». Cuando era un hombre quien estaba a su frente, invariablemente decía: «mi mujer merece respeto».

Y el tema generalmente se detenía por ahí. No servía de nada decir que todas las personas tienen un perfil sexual diferente, tan distinto como sus impresiones digitales: nadie quería creerlo. Era muy arriesgado ser libre en la cama, con miedo de que el otro fuese aún esclavo de sus prejuicios.

«No voy a cambiar al mundo», se resignó, pidiendo a la enfermera que mandase entrar a la ex depresiva. «Pero por lo menos puedo decir lo que pienso en mi tesis.»

Eduard vio que Veronika salía del consultorio del doctor Igor y se dirigía hacia la enfermería. Tuvo ganas de contarlo sus secretos, abrir su alma para ella con la misma honestidad y libertad con que, la noche anterior, ella había abierto su cuerpo para él.

Había sido una de las más duras pruebas sufridas desde que ingresara en Villete como esquizofrénico. Pero había conseguido resistir, y estaba contento, aun cuando su deseo de volver a este mundo empezase a molestarlo.

«Todo el mundo sabe aquí que esa chica no resistirá hasta el fin de semana. No serviría de nada.»

O, tal vez, justamente por eso, fuese bueno compartir con ella su historia. Desde hacía tres años solamente hablaba con Mari, y aun así no estaba seguro de que ella lo comprendiera perfectamente; como madre, ella debía de pensar que sus padres tenían razón, que deseaban apenas lo mejor para él, que las visiones del Paraíso eran un sueño bobo de adolescente, totalmente fuera del mundo real.

Visiones del Paraíso. Exactamente lo que lo había llevado al infierno, las infinitas peleas con la familia, la sensación de culpa tan fuerte que lo había dejado incapaz para reaccionar y lo había obligado a refugiarse en otro mundo. Si no hubiera sido por Mari él aún estaría viviendo en esta realidad separada.

Sin embargo Mari apareció, cuidó de él, hizo que se sintiera de nuevo querido. Gracias a eso Eduard aún era capaz de saber lo que pasaba a su alrededor.

Unos días atrás, una joven de su edad se había sentado al piano para tocar la sonata Claro de Luna. Sin saber si la culpa era de la música, o de la joven, o de la luna, o del tiempo que llevaba en Villete, Eduard sintió que sus visiones del paraíso comenzaban a molestarlo otra vez.

Él la siguió hasta la enfermería de mujeres, donde un enfermero le interceptó el paso.

—Aquí no puedes entrar, Eduard, vuelve al jardín. Está amaneciendo y hará un bonito día.

Veronika miró hacia atrás.

—Voy a dormir un poco —dijo ella, delicadamente— . Hablaremos cuando me despierte.

Veronika no entendía por qué, pero aquel chico había pasado a formar parte de su mundo, o de lo poco que quedaba de él. Estaba segura de que Eduard era capaz de comprender su música, admirar su talento; aunque no consiguiese emitir una palabra, sus ojos lo decían todo.

Como en este momento, en la puerta de la enfermería, cuando hablaban de cosas que ella no quería oír.

Ternura. Amor.

«Esta convivencia con enfermos mentales me ha hecho enloquecer deprisa.» Los esquizofrénicos no sienten eso. No por seres de este mundo.

Veronika sintió el impulso de volver para darle un beso, pero se controló porque el enfermero podía verla y contárselo al doctor Igor, y el médico seguramente no permitiría que una mujer que besa a esquizofrénicos saliera de Villete.

Eduard se detuvo frente al enfermero. Su atracción por aquella chica era más fuerte de lo que imaginaba, pero tenía que contenerse, se aconsejaría con Mari, la única persona con quien compartía sus secretos. Con seguridad ella le diría que lo que estaba queriendo sentir —amor— era peligroso e inútil en un caso como aquél.

Mari le pediría a Eduard que se dejara de tonterías y volviera a ser un esquizofrénico normal (y después daría una buena carcajada porque la frase no tenía mucho sentido).

Se unió a los otros enfermos en el refectorio, comió lo que le sirvieron y salió para el obligado paseo por el jardín. Durante el «baño de sol» (aunque aquel día la temperatura estaba bajo cero) intentó aproximarse a Mari. Pero ella tenía el aspecto de alguien que desea estar solo. No necesitaba decirle nada, pues Eduard conocía lo suficientemente bien la soledad como para saber respetarla.

Un nuevo interno se acercó a Eduard; aún no debía de conocer a nadie.

«Dios castigó a la humanidad» decía. «Y la castigó con la peste. Sin embargo yo Lo he visto en mis sueños, y me ha pedido que viniese a salvar a Eslovenia.»

Eduard comenzó a alejarse mientras el hombre

gritaba: «¡Te crees que estoy loco! ¡Pues lee los Evangelios! ¡Dios envió a Su hijo, y Su hijo regresa por segunda vez!».

Pero Eduard ya no lo escuchaba. Estaba mirando a las montañas, allá afuera, y se preguntaba qué le estaba pasando. ¿Por qué tenía ganas de salir de allí, donde había encontrado la paz que tanto buscaba? ¿Por qué arriesgarse a avergonzar de nuevo a sus padres cuando todos los problemas de la familia ya estaban resueltos? Empezó a agitarse y a andar de un lado al otro, esperando que Mari saliese de su mutismo y pudiesen hablar, pero día parecía más distante que nunca.

Sabía cómo escaparse de Villete. Por más severa que pudiera parecer la seguridad, tenía muchas fallas, simplemente porque, una vez adentro, las personas tenían muy pocas ganas de volver a salir. Había un muro, del lado oeste, que podía ser escalado sin grandes dificultades, ya que estaba lleno de rajaduras; quien decidiera traspasarlo se encontraría en un campo y cinco minutos después, siguiendo la dirección norte, encontraría una carretera que llevaba a Croacia. La guerra ya había terminado, los hermanos eran de nuevo hermanos, las fronteras no estaban tan vigiladas como antes; con un poco de suerte podría estar en Belgrado en seis horas.

Eduard ya había estado varias veces en aquella carretera, pero siempre había decidido volver porque aún no había recibido la señal para seguir adelante. Ahora las cosas eran diferentes: esta señal había finalmente llegado, bajo la forma de una muchacha de ojos verdes, cabellos castaños y el aspecto asustado de quien cree que sabe lo que quiere.

Eduard pensó en ir directamente hacia el muro, salir

de allí y nunca más regresar a Eslovenia. Pero la chica dormía y él tenía, por lo menos, que despedirse de ella.

Al acabar el baño de sol, cuando La Fraternidad se reunió en la sala de estar. Eduard se les incorporó.

—¿Qué está haciendo aquí este loco? —preguntó el más viejo del grupo.

—Déjelo —dijo Mari—. Nosotros también somos locos.

Todos se rieron y empezaron a conversar sobre la conferencia del día anterior. La cuestión era si la meditación sufi podría, realmente, transformar al mundo. Aparecieron teorías, sugerencias, enfoques, ideas contrarias, críticas al conferencista y fórmulas para mejorar lo que ya había sido probado durante tantos siglos.

Eduard estaba harto de aquel tipo de discusiones. Las personas se encerraban en un manicomio y se quedaban salvando al mundo sin preocuparse en correr los riesgos, porque sabían que allá afuera todos los llamarían ridículos, aunque tuviesen ideas bien concretas. Cada una de aquellas personas tenía una teoría especial sobre cualquier cosa y creía que su verdad era la única que importaba; pasaban días, noches, semanas y años hablando, sin aceptar jamás la única realidad que hay por detrás de una idea: buena o mala, sólo existe cuando alguien intenta ponerla en práctica.

¿Qué era la meditación *sufi*? ¿Qué era Dios? ¿Qué era la salvación, si es que el mundo necesitaba ser salvado? Nada. Si todos allí —y también los de afuera— viviesen sus vidas y dejasen que los demás hiciesen lo mismo, Dios estaría en cada instante, en cada grano de mostaza, en el pedazo de nube que se forma y se deshace en el instante siguiente. Dios estaba allí, y aun así las personas pensaban que era necesario continuar buscando porque parecía demasiado simple aceptar que la vida era un acto de fe.

Recordó el ejercicio tan sencillo, tan simple que había oído enseñar al maestro sufí mientras esperaba que Veronika volviese al piano: mirar una rosa. ¿Se necesitaba algo más?

Aun así, después de la experiencia de la meditación profunda, después de haber llegado tan cerca de las visiones del Paraíso, allí estaba aquella gente discutiendo, argumentando, criticando y estableciendo teorías.

Cruzó sus ojos con los de Mari. Ella lo evitó, pero Eduard estaba decidido a terminar de una vez con aquella situación; se acercó a ella y la tomó por el brazo.

—Déjame, Eduard.

Él podía decir «venga conmigo». Pero no quería hacerlo delante de aquella gente, que se sorprendería por el tono firme de su voz. Por eso prefirió arrodillarse e implorar con los ojos.

Los hombres y las mujeres se rieron.

—Te has transformado en una santa para él, Mari —comentó alguien—. Fue la meditación de ayer.

Pero los años de silencio de Eduard le habían enseñado a hablar con los ojos; era capaz de colocar toda su energía en ellos. De la misma manera que tenía la absoluta certeza de que Veronika había percibido su ternura y su amor, sabía que Mari entendería su desesperación, porque él la estaba necesitando mucho.

Ella permaneció unos segundos reluctante. Finalmente se levantó y lo tomó de la mano.

—Vamos a dar un paseo —dijo—. Estás nervioso.

Los dos volvieron a salir al jardín. En cuanto estuvieron a suficiente distancia, seguros de que nadie los podía escuchar, Eduard rompió el silencio.

—He permanecido aquí en Villete durante años —dijo—. Dejé de avergonzar a mis padres, dejé mis ambiciones de lado, pero las visiones del Paraíso han permanecido.

—Lo sé —respondió Mari—. Ya hemos hablado de eso muchas veces. También sé lo que quieres decirme: ha llegado la hora de salir.

Eduard miró al cielo; ¿sentiría ella lo mismo?

—Es por causa de la chica —continuó Mari—. Aquí dentro ya hemos visto morir a mucha gente, siempre en el momento en que no lo esperaban y generalmente después de haber desistido de la vida. Pero ésta es la primera vez que pasa con una persona joven, bonita, saludable, con tantos motivos para vivir.

Veronika es la única que no desearía continuar en Víllete para siempre. Y esto hace que nos preguntemos:

¿Y nosotros? ¿Qué es lo que buscamos aquí? Él asintió con la cabeza.

—Entonces, anoche, yo también me pregunté qué estaba haciendo en este sanatorio. Y me di cuenta de que sería mucho más interesante estar en la plaza, en los Tres Puentes, en el mercado que hay enfrente al teatro, comprando manzanas y discutiendo sobre el tiempo. Claro que estaría lidiando con cosas ya olvidadas —cuentas para pagar. dificultades con los vecinos, miradas irónicas de la gente que no me comprende, la soledad, protestas de mis hijos. Pero pienso que todo esto forma parte de la vida y el precio de enfrentar estos pequeños problemas es bien menor que el precio de no reconocerlos como) nuestros.

«Estoy pensando en ir hoy a casa de mi ex marido solo para decirle «gracias». ¿Qué te parece?

—Nada. ¿Puede ser que yo deba ir también a casa de

mis padres y decir lo mismo?

—Tal vez. En el fondo, la culpa de todo lo que sucede en nuestra vida es exclusivamente nuestra. Muchas personas pasaron por las mismas dificultades que nosotros y reaccionaron de manera diferente. Nosotros buscamos lo más fácil; una realidad separada.

Eduard sabia que Mari tenía razón.

—Tengo ganas de recomenzar a vivir, Eduard. Cometiendo los errores que siempre deseé y nunca me atreví. Enfrentando el pánico que puede volver a surgir, pero cuya presencia sólo me provocará cansancio, porque sé que no voy a morirme ni siquiera a desmayarme por su causa. Puedo conseguir nuevos amigos y enseñarles a ser locos, para que sean sabios. Les diré que no sigan el manual de la buena conducta sino que descubran sus propias vidas, deseos, aventuras y ¡VIVAN! Citaré el Eclesiastés a los católicos, el Corán a los islámicos, la Torá a los judíos, los textos de Aristóteles a los ateos. Ya no quiero volver a ser abogada, pero puedo usar mi experiencia para dar conferencias sobre hombres y mujeres que conocieron la verdad de esta existencia y cuyos escritos pueden ser resumidos en una única palabra: «Vivan». Si vives, Dios vivirá contigo. Si rehusas correr sus riesgos, él retornará al distante Cielo y será apenas un tema de especulación filosófica.

«Todos sabemos eso. Pero nadie da el primer paso, quizás por miedo a ser llamado loco. Y, por lo menos, este miedo nosotros ya no lo tenemos, Eduard. Ya pasamos por Villete.

—Sólo no podemos ser candidatos a la Presidencia de la República. La oposición investigaría muy a fondo nuestro pasado.

Mari se rió y acordó con él.

—Me he cansado de esta vida. No sé si conseguiré

superar mi miedo, pero estoy harta de La Fraternidad,
de este jardín, de Villete y de fingir que soy loca.

—Entonces, si yo lo hago, ¿lo hará usted también?

—No lo harás.

—Pues casi lo hice, hace unos pocos minutos.

—No sé. Me cansa todo esto, pero ya estoy
acostumbrada.

—Cuando entré aquí, con diagnóstico de
esquizofrenia, usted pasó días, meses, prestándome
atención y tratándome como a un ser humano. Yo también
me estaba acostumbrando a la vida que había decidido
llevar con la otra realidad que inventé, pero usted no me
dejó. Entonces la odié, pero hoy la quiero. Por eso quiero
que salga de Villete, Mari, como yo salí de mi mundo
separado.

Mari se alejó sin responder.

En la pequeña —y nunca frecuentada— biblioteca
de Villete, Eduard no encontró el Corán, ni Aristóteles
ni otros filósofos mencionados por Mari. Pero allí estaba
el texto de un poeta:

Por eso me dije a mí mismo: «la suerte
del insensato será también la mía».
Ve, come tu pan con alegría
y bebe a gusto tu vino
porque Dios ya aceptó tus obras.
Que tus vestiduras permanezcan siempre blancas
y nunca falte perfume en tu cabeza.
Disfruta la vida con la mujer amada
en todos tus días de vanidad
que Dios te concedió bajo el sol.
Porque ésta es tu porción de vida
y en tu fatigoso trabajo bajo el sol

sigue los caminos de tu corazón
y el deseo de tus ojos
sabiendo que Dios te pedirá cuentas.

—Dios pedirá cuentas al final —dijo Eduard en voz alta—. Y yo diré «durante una época en mi vida permanecí mirando al viento y me olvidé de sembrar; no disfruté mis días, ni siquiera bebí el vino que me era ofrecido. Pero un día me juzgué preparado y volví a mi trabajo. Relaté a los hombres mis visiones del Paraíso, como Bosch, Van Gogh, Wagner, Beethoven, Einstein y otros locos lo habían hecho antes que yo». Él dirá que yo me fui del psiquiátrico para no ver a una chica morir, pero ella estará allí en el cielo, e intercederá por mí.

—¿Qué estás diciendo? —le interrumpió el encargado de la biblioteca.

—Quiero salir de Villete ahora —respondió Eduard en un tono de voz más alto de lo normal—. Tengo que hacer.

El empleado apretó un timbre y al poco tiempo aparecieron dos enfermeros.

—Quiero salir —repitió Eduard, agitado—. Estoy bien, déjenme hablar con el doctor Igor.

Pero los dos hombres ya lo habían agarrado, uno por cada brazo. Eduard intentaba soltarse de ellos, aun sabiendo que era inútil.

—Estás teniendo una crisis, tranquilízate —dijo uno de ellos—. Nos ocuparemos de eso.

Eduard comenzó a debatirse.

—¡Suéltenme! —gritaba—. ¡Déjenme hablar por lo menos un minuto!

El camino hacia la enfermería atravesaba la sala de estar, y todos los otros internos estaban allí reunidos. Eduard se debatía y el ambiente empezó a agitarse.

—¡Déjenlo libre, es un loco!

Algunos reían, otros golpeaban con las manos las mesas y las sillas.

—¡Esto es un manicomio! ¡Nadie está obligado a comportarse como ustedes!

Uno de los hombres susurró al otro:

—Tenemos que asustarlos, o dentro de poco la situación será incontrolable.

—Sólo hay una manera.

—Al doctor Igor no le gustará.

—Peor será ver a esta banda de maníacos destrozando su adorado sanatorio.

Veronika se despertó sobresaltada, con sudor frío. El ruido afuera era grande y ella necesitaba silencio para continuar durmiendo. Pero el escándalo continuaba.

Se levantó atontada y caminó hasta la sala de estar, a tiempo de ver cómo Eduard era arrastrado mientras otros enfermeros llegaban corriendo con jeringas preparadas.

—¡Qué es lo que están haciendo! —gritó.

—¡Veronika!

¡El esquizofrénico le había hablado! ¡Había dicho su nombre! Con una mezcla de vergüenza y sorpresa intentó acercarse, pero uno de los enfermeros se lo impidió.

—¿Qué es eso? ¡Yo no estoy aquí por ser loca! ¡Ustedes no pueden tratarme así!

Consiguió empujar al enfermero mientras los otros internos gritaban y armaban una algazara que la asustó. ¿Sería conveniente buscar al doctor Igor y después irse enseguida?

—¡Veronika!

El había vuelto a decir su nombre. En un esfuerzo sobrehumano, Eduard consiguió librarse de los dos hombres. Pero en vez de salir corriendo se quedó de pie, inmóvil, tal como estaba la noche anterior. Como por arte de magia todo el mundo paró, esperando el próximo movimiento.

Uno de los enfermeros volvió a aproximarse, pero Eduard lo miró, usando de nuevo toda su energía.

—Voy con ustedes. Ya sé adónde me están llevando, y sé también que quieren que todos lo sepan. Esperen sólo un minuto.

El enfermero decidió que valía la pena correr el riesgo; al fin y al cabo todo parecía haber vuelto a la normalidad.

—Yo creo que tú... creo que tú eres importante para mí —dijo Eduard a Veronika.

—No puede ser, tú no puedes hablar, no vives en este mundo, no sabes que me llamo Veronika. No estuviste conmigo anoche, ¡por favor, di que no estuviste!

—Estuve.

Ella le tomó la mano. Los locos gritaban, aplaudían y decían cosas obscenas.

—¿Adónde te llevan?

—Para un tratamiento.

—Voy contigo.

—No vale la pena. Te asustarás, aunque yo te asegure que no duele, no se siente nada. Es mucho mejor que los calmantes porque la lucidez se recupera antes.

Veronika no sabía de qué le estaba hablando. Se arrepintió de haberle tomado la mano, tenía ganas de escaparse lo más pronto posible y esconder su vergüenza, no volver a ver nunca más a aquel hombre que había presenciado lo que había de más sórdido en ella y, a pesar de eso, continuaba tratándola con ternura.

Pero de nuevo recordó las palabras de Mari: no tenía por qué dar explicaciones a nadie de su vida, ni siquiera a aquel muchacho frente a ella.

—Voy contigo.

Los enfermeros consideraron que quizás fuera mejor así: el esquizofrénico ya no necesitaba ser dominado, los acompañaba por su propia voluntad.

Cuando llegaron al dormitorio, Eduard se acostó voluntariamente en la cama. Ya había dos hombres más esperando, con una extraña máquina y una bolsa con tiras de tela.

Eduard se dirigió a Veronika y le pidió que se sentase en la cama a su lado.

—En algunos minutos esto se sabrá por todo Villete. Y todos se calmarán, porque hasta la más furiosa de las locuras carga su dosis de miedo. Sólo quien ha pasado por esto sabe que no es tan terrible como parece.

Los enfermeros escucharon lo que decía y no lo podían creer. Debía de doler mucho, pero nadie sabe lo que pasa por la cabeza de un loco. Lo único sensato que había dicho el chico era sobre el miedo: la historia correría por Villete y la calma volvería instantáneamente.

—Te has acostado antes de tiempo —dijo uno de ellos.

Eduard se levantó y ellos extendieron una especie de manta de goma. «Ahora sí, puedes acostarte.»

Él obedeció. Estaba tranquilo, como si todo aquello no pasara de rutina.

Los enfermeros ataron algunas tiras de tela en torno al cuerpo de Eduard y colocaron una goma en su boca.

—Es para que no se muerda involuntariamente la lengua —dijo uno de los hombres a Veronika, contento de dar una información técnica junto con una advertencia.

Colocaron la extraña máquina (no mucho mayor que una caja de zapatos, con algunos botones y tres visores como punteros) en una silla al lado de la cama. Dos cables salían de su parte superior y terminaban en algo parecido a unos auriculares.

Uno de los enfermeros colocó los auriculares en las sienes de Eduard. El otro pareció regular el mecanismo, girando algunos botones, ora hacia la derecha, ora hacia la izquierda. Aunque no podía hablar por causa de la goma en la boca, Eduard mantenía sus ojos fijos en los de ella y parecía decirle «No te preocupes, no te asustes».

—Está regulado para 130 voltios en 0,30 segundos —dijo el enfermero que se ocupaba de la máquina—. Allá va.

Apretó un botón y la máquina emitió un zumbido. En ese mismo momento, los ojos de Eduard se pusieron vidriosos y su cuerpo se retorció en la cama con tal furia que de no haber sido por las tiras de tela que lo sujetaban se habría partido la columna.

—¡Paren eso! —gritó Veronika.

—Ya paramos —respondió el enfermero, retirando los auriculares de la cabeza de Eduard. Aun así el cuerpo continuaba retorciéndose y la cabeza se balanceaba de un lado a otro con tal violencia que uno de los hombres decidió sujetarla. El otro guardó la máquina en una bolsa y se sentó a fumar un cigarrillo.

La escena duró algunos minutos. Cuando el cuerpo parecía volver a la normalidad recomenzaban los espasmos, mientras uno de los enfermeros redoblaba su fuerza para mantener firme la cabeza de Eduard. Poco a poco las contracciones fueron disminuyendo hasta que cesaron por completo. Eduard mantenía los ojos abiertos y uno de los hombres los cerró, como se hace con los muertos.

Después sacó la goma de la boca del muchacho, lo

desató y guardó las tiras de tela en la bolsa donde estaba
la máquina.

—El efecto del electroshock dura una hora —informó
a la chica, que había dejado de gritar y parecía
hipnotizada con lo que estaba viendo—. Todo ha ido
bien, pronto volverá a estar normal y además más
calmado.

En cuanto fue alcanzado por la descarga eléctrica
Eduard sintió lo que ya antes había sentido: la visión
normal iba disminuyendo, como si alguien cerrase una
cortina, hasta que todo desaparecía por completo. No
había dolor ni sufrimiento, pero ya había presenciado la
aplicación de electroshocks a otros internos y sabía lo
terrible que podía parecer la escena.

Eduard ahora estaba en paz. Si momentos antes estaba
reconociendo algún tipo de sentimiento nuevo en su
corazón, si empezaba a percibir que el amor no era
solamente aquello que sus padres le daban, el
electroshock —o Terapia Electroconvulsiva (TEC), como
preferian llamarlo los especialistas— con seguridad lo
haría volver a la normalidad.

El principal efecto de la TEC era el olvido de las
memorias recientes. Eduard no podía alimentar sueños
imposibles. No podía estar mirando hacia un futuro
inexistente; sus pensamientos debían permanecer
diri-gidos hacia su pasado, o iba a terminar queriendo
re-tornar nuevamente a la vida.

Una hora más tarde Zedka entró en la enfermería casi
desierta excepto por una cama, donde estaba acostado el
muchacho, y por una silla, donde estaba sentada una
chica.

Cuando se acercó vio que la chica había vomitado

otra vez y su cabeza estaba baja, colgando hacia la derecha.

Zedka se dio vuelta para pedir socorro pero Veronika levantó la cabeza.

—No es nada —dijo-. Tuve otro ataque, pero ya paso.

Zedka la tomó cariñosamente y la llevó hasta el lavabo.

—Es un lavabo de hombres —dijo la chica.

—No hay nadie aquí, no te preocupes.

Le retiró el jersey inmundo, lo lavó y lo colocó sobre el radiador de la calefacción. Después se sacó su propia blusa de lana y se la puso a Veronika.

La chica parecía distante, como si nada le interesara ya. Zedka la acompañó de vuelta a la silla donde estaba sentada.

—Eduard se despertará dentro de poco. Quizás le cueste recordar lo que pasó, pero la memoria le retornará rápidamente. No te asustes si no te reconoce en los primeros momentos.

—No me quedaré —respondió Veronika—, porque tampoco me reconozco a mí misma.

Zedka buscó una silla y se sentó a su lado. Había estado en Villete tanto tiempo que no le costaba nada permanecer algunos minutos más con su amiga.

—¿Recuerdas nuestro primer encuentro? Aquel día yo te conté una historia para intentar explicarte que el mundo es exactamente de la manera como lo vemos. Todos creían que el rey estaba loco porque él quería imponer un orden que ya no existía en la mente de sus súbditos

«Sin embargo, hay cosas en la vida que, no importa del lado que las veamos, continúan siempre las mismas, y valen para todo el mundo. Como el amor, por ejemplo.

Zedka notó que los ojos de Veronika habían cambiado

y resolvió proseguir.

—Yo diría que, si alguien tiene muy poco tiempo de vida, y decide pasar ese poco tiempo que le queda delante de una cama, mirando a un hombre dormido, hay algo de amor. Diría más: si durante ese tiempo esta persona tuvo un ataque cardíaco y se quedó en silencio —sólo para no tener que alejarse de ese hombre— es porque ese amor puede crecer mucho.

—También podría ser desesperación —dijo Veronika—. Una tentativa de probar que, al fin y al cabo, no hay motivos para continuar luchando bajo el sol. No puedo estar enamorada de un hombre que vive en otro mundo.

—Todos nosotros vivimos en nuestro propio mundo. Pero si tú miras hacia el cielo estrellado, verás que todos estos mundos diferentes se combinan, formando constelaciones, sistemas solares, galaxias...

Veronika se levantó y fue hasta la cabecera de Eduard. Cariñosamente pasó las manos por sus cabellos. Estaba contenta de tener a alguien con quien hablar.

—Hace muchos años, cuando yo era una niña y mi madre me obligaba a aprender piano, me decía a mí misma que sólo sería capaz de tocarlo bien cuando estuviera enamorada. Anoche, por primera vez en mi vida, sentí que las notas salían de mis dedos como si yo no tuviese ningún control sobre lo que estaba haciendo.

«Una fuerza me guiaba, construía melodías y acordes que nunca me juzgué capaz de tocar. Yo me había entregado al piano porque había acabado de entregarme a este hombre sin que él hubiese tocado siquiera uno de mis cabellos. Ayer yo no era la misma, ni cuando me entregué al sexo, ni cuando toqué el piano y, sin embargo, a pesar de eso, creo que fui yo misma.

Veronika movió la cabeza.

—Nada de lo que estoy diciendo tiene sentido.

Zedka se acordó de sus encuentros en el espacio con todos aquellos seres que fluctuaban en direcciones diferentes. Quiso contárselo a Veronika, pero tuvo miedo de confundirla más aún.

—Antes de que repitas que vas a morir, quiero decirte algo: hay gente que pasa la vida entera procurando un momento como el que tú tuviste anoche, y no lo consigue. Por eso, si tienes que morir ahora, hazlo con el corazón lleno de amor.

Zedka se levantó.

—No tienes nada que perder. Mucha gente no se permite amar justamente por causa de eso: porque hay muchas cosas, mucho futuro y mucho pasado en juego. En tu caso existe sólo el presente.

Se acercó a Veronika y le dio un beso.

—Si me quedo más tiempo aquí terminaré desistiendo de marcharme. Estoy curada de mi depresión, pero descubrí aquí adentro otros tipos de locura. Quiero cargarlos conmigo y empezar a ver la vida con mis propios ojos.

«Cuando entré era una mujer deprimida. Hoy soy una mujer loca, y estoy muy orgullosa de ello. Allá afuera me comportaré exactamente como los otros: haré las compras en el supermercado, conversaré sobre trivialidades con mis amigas, perderé algún tiempo importante delante de la televisión. Pero sé que mi alma estará libre, y yo puedo soñar y conversar con otros mundos que, antes de entrar aquí, ni soñaba que existiesen.

«Me permitiré hacer algunas tonterías sólo para que la gente diga: ¡claro, ha salido de Villete! Pero sé que mi alma estará completa porque mi vida tiene un sentido. Podré mirar una puesta de sol y creer que Dios está detrás de ella. Cuando alguien me moleste mucho le diré alguna barbaridad, y no me importará lo que piensen puesto que todos dirán «¡ella salió de Villete!»

«Miraré a los hombres por la calle directamente a los ojos, sin vergüenza de sentirme deseada. Pero después pasaré por una tienda de productos importados, compraré los mejores vinos que mi dinero pueda comprar y haré a mi marido beber junto conmigo, porque quiero reír con él, a quien tanto amo.

«Él me dirá, riendo «¡estás loca!» y yo le responderé «¡claro, estuve en Villete, y la locura me liberó! Ahora, mi adorado marido, tienes que pedir vacaciones todos los años y llevarme a conocer algunas montañas peligrosas, porque necesito correr el riesgo de estar viva.»

«Las personas dirán: «¡ella salió de Villete y está enloqueciendo al marido!» Y él entenderá que las personas tienen razón y dará gracias a Dios porque nuestro matrimonio está comenzando ahora y somos locos, como lo son los que inventaron el amor.

Y Zedka se fue, tarareando una música que Veronika nunca había escuchado.

El día estaba siendo agotador, pero muy gratificante. El doctor Igor procuraba mantener la flema y la indiferencia de un científico pero apenas conseguía controlar su entusiasmo: los tests para la cura del envenenamiento por Vitriolo estaban dando resultados sorprendentes.

—Usted no tiene entrevista concedida para hoy —le dijo a Mari, que había entrado sin llamar a la puerta.

—No lo entretendré mucho. En verdad, me gustaría solamente pedirle una opinión.

«Hoy todos están queriendo solamente una opinión» pensó el doctor Igor, acordándose de la chica y su pregunta sobre el sexo.

—Eduard acaba de recibir un shock eléctrico.

—Terapia Electroconvulsiva, por favor, use el nombre correcto o va a parecer que somos un grupo de bárbaros. —El doctor Igor había conseguido disimular su sorpresa, pero después pensaba averiguar quién había decidido aquello—. Y si quiere conocer mi opinión sobre el asunto debo aclararle que la TEC no es aplicada hoy como lo era antiguamente

—Pero es peligroso.

—Era muy peligroso; no se sabía el voltaje exacto ni el lugar adecuado para colocar los electrodos, y mucha gente murió de derrame cerebral durante el tratamiento. Pero las cosas han cambiado: hoy en día la TEC está volviendo a ser utilizada con mucha más precisión técnica y tiene la ventaja de provocar amnesia rápida, evitando la intoxicación química por uso prolongado de medicamentos. Lea algunas revistas psiquiátricas, por favor, y no confunda la TEC con los shocks eléctricos de los torturadores sudamericanos. Listo. La opinión pedida ya está dada. Ahora tengo que volver al trabajo.

Pero Mari no se movió.

—No fue eso lo que vine a preguntar. En verdad lo que quiero saber es si puedo irme de aquí.

—Usted sale cuando quiere y vuelve porque así lo desea, y porque su marido aún tiene dinero para

mantenerla en un lugar caro como éste. Tal vez usted
debiera preguntarme: «¿estoy curada?». Y mi respuesta
es otra pregunta: «¿curada de qué?».

«Usted dirá: curada de mi miedo, del Síndrome de
Pánico. Y yo le responderé: «Bien, Mari, hace tres años
que usted ya no sufre de eso».

—Entonces estoy curada.

—Claro que no. Su enfermedad no es ésa. En la tesis
que estoy escribiendo para presentar ante la Academia
de Ciencias de Eslovenia (el doctor Igor no quería entrar
en detalles sobre el Vitriolo) procuro estudiar el
comportamiento humano llamado «normal». Muchos
médicos antes que yo ya hicieron este estudio, y llegaron
a la conclusión de que la normalidad es apenas una
cuestión de consenso; o sea, si mucha gente piensa que
una cosa está bien es correcta, entonces esa cosa pasa a
estar bien y ser correcta...

«Existen muchas cosas que son gobernadas por el
sentido común humano: colocar los botones en la parte
de adelante de una camisa es una cuestión lógica, ya que
sería muy difícil abotonarlos al lado, e imposible si
estuviesen detrás.

«Otras cosas, sin embargo, se van imponiendo porque
cada vez más gente piensa que tienen que ser así. Le
daré dos ejemplos: ¿usted ya se preguntó por qué las
letras de un teclado de máquina de escribir están
colocadas en ese orden?

—Nunca me lo pregunté.

—Llamemos a ese teclado QWERTY, ya que las letras
de la primera línea están dispuestas así. Yo me pregunté
el porqué de eso, y encontré la respuesta: la primera
máquina fue inventada por Christopher Scholes, en 1873,
para mejorar la caligrafía. Pero presentaba un problema:
si la persona dactilografiaba con mucha velocidad, los

tipos se entrechocaban y trababan la máquina. Entonces Scholes diseñó el teclado QWERTY, un teclado que obligaba a los dactilógrafos a escribir despacio.

—No me lo puedo creer.

—Pero es verdad. Sucede que la Remington —en aquella época fabricante de máquinas de coser— usó el teclado QWERTY para sus primeras máquinas de escribir. Lo que significa que más personas fueron obligadas a aprender ese sistema, y más compañías pasaron a fabricar estos teclados, hasta que se tomó el único modelo existente. Repito: el teclado de las máquinas y de las computadoras fue diseñado para que se digitase más lentamente, y no más rápida, ¿entendió? Intente cambiar las letras de lugar y no encontrará un comprador para su producto.

La primera vez que vio un teclado, Mari se había preguntado por qué no estarían las letras en orden alfabético, pero nunca más se había vuelto a formular la pregunta pues pensó que aquél sería el mejor diseño para que las personas dactilografiasen más rápido.

—¿Conoce usted Florencia? —preguntó el doctor Igor.

—No.

—Debería conocerla; no está muy lejos y allí está mi segundo ejemplo. En la Catedral de Florencia hay un reloj bellísimo, diseñado por Paolo Uccello en 1443. Sucede que este reloj tiene una curiosidad: aunque marque las horas —como todos los otros— los punteros se mueven en sentido contrario al que estamos acostumbrados.

—¿Y qué tiene eso que ver con mi enfermedad?

—Ya llegaremos. Paolo Uccello, al crear este reloj no estaba intentando ser original; en verdad en aquel momento había varios relojes así, y otros con los punteros andando en el sentido que hoy conocemos. Por alguna razón desconocida, tal vez porque el Duque tenía un reloj con los punteros andando en el sentido que hoy conocemos como «correcto», éste terminó imponiéndose como único sentido, y el reloj de Uccello pasó a ser una aberración, una locura.

El doctor Igor hizo una pausa. Pero sabía que Mari estaba siguiendo bien su razonamiento.

—Entonces, vamos a su enfermedad: cada ser humano es único, con sus propias cualidades, instintos, formas de placer, búsqueda de aventura. Pero la sociedad termina imponiendo una manera colectiva de actuar, y las personas no se detienen para preguntarse por qué es necesario que se comporten así. Se limitan a aceptarlo, como los dactilógrafos aceptaron el hecho de que el QWERTY era el mejor teclado posible. ¿Conoció usted a alguien, en toda su vida, que se haya preguntado por qué los punteros de reloj van en una dirección y no en sentido contrario?

—No.

—Si alguien lo preguntase, probablemente le dirían: ¡usted está loco! Si insistiera en la pregunta, las personas intentarían encontrar una razón, pero pronto cambiarían de asunto, porque no hay razón alguna aparte de la que le expliqué.

—Ahora vuelvo a su pregunta. Repítala.

—¿Estoy curada?

—No. Usted es una persona diferente, que quiere ser igual. Y esto, bajo mi punto de vista, es considerado una enfermedad grave.

—¿Es grave ser diferente?

—Es grave forzarse a ser igual: provoca neurosis, psicosis, paranoias. Es grave querer ser igual porque eso es forzar a la naturaleza e ir contra las leyes de Dios, que en todos los bosques y selvas del mundo no creó una sola hoja igual a otra. Pero usted considera una locura ser diferente, y por eso escogió Villete para vivir Porque aquí, como todos son diferentes, usted pasa a ser igual que todo el mundo. ¿Lo ha entendido?

Mari hizo señal de «sí» con la cabeza.

—Por no tener el valor de ser diferentes las personas van contra la naturaleza y el organismo comienza a producir Vitriolo —o Amargura, como vulgarmente se conoce a ese veneno.

—¿Qué es Vitriolo?

El doctor Igor se dio cuenta de que se había entusiasmado demasiado y decidió cambiar de tema.

—No importa lo que es el Vitriolo. Lo que quiero decir es lo siguiente: todo indica que usted no está curada.

Mari tenía años de experiencia en los tribunales y resolvió ponerlos en práctica allí mismo. La primera táctica era fingir que estaba de acuerdo con el oponente para enseguida enredarlo en otro raciocinio.

—Estoy de acuerdo con usted. Yo vine aquí por un motivo muy concreto —el Síndrome de Pánico— y terminé quedándome por un motivo muy abstracto: incapacidad de encarar una vida diferente, sin empleo y sin marido. Concuerdo con usted: yo había perdido la voluntad de empezar una vida nueva, a la cual tenía que acostumbrarme. Y voy más lejos aún: concuerdo que en un manicomio, aun con los electroshocks —perdón, TEC, como usted prefiere— los horarios y los ataques de histeria de algunos internos, las reglas son más fáciles de soportar que las leyes de un mundo que, como usted dice, hace todo para ser igual.

«Sucede que, anoche, oí a una mujer tocar el piano. Ella tocó magistralmente, como pocas veces había oído en mi vida. Mientras escuchaba la música, pensaba en todos aquellos que sufrieron para componer aquellas sonatas, preludios y adagios: en el ridículo que pasaron cuando dieron a conocer sus obras, diferentes, a los que mandaban en el mundo de la música; en la dificultad y humillación de conseguir a alguien que financiase una orquesta; en los silbidos y protestas que pudieron recibir por parte de un público que no estaba acostumbrado a esas armonías.

«Y, lo que es peor, pensaba: no sólo esos compositores sufrieron sino esa joven que los está interpretando con tanta alma, porque sabe que va a morir. ¿Y yo, no voy a morir también? ¿Dónde he dejado mi alma, para poder tocar la música de mi vida con el mismo entusiasmo?

El doctor Igor escuchaba en silencio. Parece que todo lo que había pensado estaba dando resultado, pero aún era pronto para estar seguro.

—¿Dónde dejé mi alma? —preguntó otra vez Mari—. En mi pasado, en aquello que yo quería que fuese mi vida. Dejé mi alma presa en aquel momento en el que había una casa, un marido y un empleo del que yo quería librarme pero nunca tenía el valor suficiente.

«Mi alma estaba en mi pasado. Pero hoy ha llegado hasta aquí y la siento de nuevo en mi cuerpo, llena de entusiasmo. No sé qué hacer; sé apenas que tardé tres años para entender que la vida me empujaba por un camino diferente, y yo no quería ir.

—Me parece que noto algunos síntomas de mejoría —dijo el doctor Igor.

—Yo no necesitaba pedir permiso para dejar Villete. Me bastaba cruzar el portón y no volver más. Pero tenía que decir todo eso a alguien y se lo estoy diciendo a usted: la muerte de esa chica me ha hecho entender mi vida.

—Pienso que estos síntomas de mejoría se están

transformando en una cura milagrosa —dijo riendo el doctor Igor—. ¿Qué piensa hacer?

—Ir a El Salvador, a cuidar niños.

—No necesita ir tan lejos: a menos de doscientos kilómetros de aquí está Sarajevo. La guerra terminó, pero los problemas continúan.

—Pues iré a Sarajevo.

El doctor Igor sacó un formulario del cajón y lo llenó cuidadosamente. Después se levantó y acompañó a Mari hasta la puerta.

—Vaya con Dios —le dijo, regresó a su escritorio y cerró la puerta enseguida. No le gustaba encariñarse con sus pacientes, pero nunca conseguía evitarlo. En Villete extrañarían a Mari.

Cuando Eduard abrió los ojos la chica todavía estaba allí. En sus primeras sesiones de electroshock, pasaba mucho tiempo intentando acordarse de lo que había pasado; al fin y al cabo, éste era justamente el efecto terapéutico de aquel tratamiento: provocar una amnesia parcial de forma que el enfermo olvidase el problema que le afligía y permitir que se quedara más calmado.

Sin embargo, a medida que los electroshocks le eran aplicados con más frecuencia, sus efectos ya no duraban tanto tiempo; pronto identificó a la chica.

—Hablaste de las visiones del Paraíso mientras dormías —dijo ella, pasando la mano por sus cabellos.

—¿Visiones del Paraíso?

—Sí, visiones del Paraíso.

Eduard la miró. Quería contarle todo.

En aquel momento, sin embargo, la enfermera entró con una inyección.

—Tengo que dársela ahora —le dijo a Veronika—. Ordenes del doctor Igor

—Ya me dieron una hoy, no voy a dejarme dar otra —respondió ella—. Tampoco me interesa irme de aquí. No voy a obedecer ninguna orden, ninguna regla, nada que me quieran obligar a hacer.

La enfermera parecía acostumbrada a este tipo de reacción.

Entonces, lo siento mucho, tendremos que doparla.

—Tengo que hablar contigo —le dijo Eduard—. Toma la inyección.

Veronika levantó la manga del jersey y la enfermera se la aplicó.

—Buena chica —dijo—. ¿Por qué no salen de esta enfermería lúgubre y se van a pasear un poco por allí afuera?

—Estás avergonzada por lo que pasó anoche —dijo Eduard, mientras caminaban por el jardín.

—Lo estuve. Ahora estoy orgullosa. Quiero saber sobre las visiones del Paraíso, porque estuve muy cerca de una de ellas.

—Tengo que mirar más lejos, detrás de los edificios de Villete —dijo él.

—Hazlo.

Eduard miró hacia atrás, no a las paredes de las enfermerías o al jardín donde los internos caminaban en silencio, sino a una calle en otro continente, en una tierra donde llovía mucho o no llovía nada.

Eduard podía sentir el olor de aquella tierra: era el tiempo de sequía y el polvo entraba por su nariz y le causaba placer, porque sentir tierra es sentirse vivo. Pedaleaba una bicicleta importada, tenía diecisiete años y acababa de salir del colegio americano de Brasilia, donde también estudiaban los hijos de otros diplomáticos.

Detestaba Brasilia, pero amaba a los brasileños. Su padre había sido nombrado embajador de Yugoslavia dos años antes, en una época en que ni siquiera se pensaba en la sangrienta división del país. Milosevic estaba en el poder; hombres y mujeres vivían sus diferencias y procuraban armonizarse más allá de los conflictos regionales.

El primer puesto de su padre había sido exactamente el Brasil. Eduard soñaba con playas, carnaval, partidos de fútbol, música... pero fue a parar a aquella capital, lejos de la costa, creada apenas para cobijar a políticos, burócratas, diplomáticos y a los hijos de todos ellos, que no sabían bien qué hacer en ese ambiente.

Eduard detestaba vivir allí. Pasaba el día sumergido en los estudios, intentando (sin conseguirlo) relacionarse con sus colegas; procurando, sin lograrlo, interesarse como ellos por automóviles, zapatillas de moda y ropas de marca, único tema de conversación entre esos jóvenes.

De vez en cuando había una fiesta, donde los muchachos se emborrachaban en un lado del salón mientras las chicas fingían indiferencia desde el otro lado. La droga corría siempre, y Eduard ya había experimentado prácticamente todas las variedades posibles sin jamás conseguir interesarse por ninguna de ellas; se quedaba agitado o somnoliento en exceso y perdía el interés por lo que sucedía a su alrededor.

Su familia vivía preocupada. Era necesario prepararlo para seguir la misma carrera que el padre, y aunque Eduard tuviese todas las condiciones necesarias —ganas de estudiar, buen gusto artístico, facilidad para aprender idiomas, interés por la política— le faltaba una cualidad básica en la diplomacia. Tenía dificultades en su contacto con los otros.

Por más que sus padres lo llevaran a fiestas, abriesen la casa para sus amigos del colegio americano y le dieran una buena mesada, eran raras las veces que Eduard aparecía con alguien. Un día su madre le preguntó por qué no traía a sus amigos para almorzar o cenar.

—Ya sé todas las marcas de zapatillas y ya conozco el nombre de todas las chicas con quienes es fácil acostarse. No tenemos nada más de interesante para hablar.

Hasta que apareció la brasileña. El embajador y su mujer se tranquilizaron cuando el hijo comenzó a salir y llegaba tarde a la casa. Nadie sabía exactamente de donde había salido, pero cierta noche Eduard la llevó para cenar a la casa. La chica era educada, y ellos se pusieron contentos: ¡por fin su hijo iba a desarrollar su talento en la relación con extraños! Además (ambos lo pensaron sin comentarlo entre sí) la presencia de aquella joven les sacaba una gran preocupación de sus hombros: ¡Eduard no era homosexual!

Trataron a María (tal era su nombre) con la amabilidad de futuros suegros, a pesar de saber que dentro de dos años serían trasladados a otro puesto y de que no tenían la menor intención de que su hijo se casara con alguien de un país tan exótico. Tenían planes para que él encontrase una chica de buena familia en Francia o

Alemania, que pudiese acompañar con dignidad la brillante carrera diplomática que el embajador estaba preparando para él.

Eduard, no obstante, se mostraba cada vez más enamorado. Preocupada, la madre fue a hablar con su marido.

—El arte de la diplomacia consiste en hacer esperar al oponente —dijo el embajador—. Un primer amor puede no pasar nunca, pero siempre acaba.

Pero Eduard daba muestras de haber cambiado por completo. Empezó a aparecer en la casa con libros extraños, montó una pirámide en su cuarto y, junto con Maria, encendían incienso todas las noches, y se quedaban horas concentrados en un extraño dibujo clavado en la pared. El rendimiento de Eduard en el colegio americano empezó a disminuir.

La madre no entendía portugués, pero podía ver las tapas de los libros con dibujos de cruces, hogueras, brujas ahorcadas, símbolos exóticos.

—Nuestro hijo está leyendo cosas peligrosas.

—Peligroso es lo que está pasando en los Balcanes —respondió el embajador—. Hay rumores de que la región de Eslovenia quiere la independencia, y esto nos puede llevar a una guerra.

La madre, no obstante, no daba la menor importancia a la política; quería saber qué estaba pasando con su hijo.

—¿Y esta manía de encender incienso?

—Es para disimular el olor de marihuana —decía el embajador—. Nuestro hijo ha tenido una excelente educación, así que no puede creer que esos palitos perfumados pueden atraer espíritus.

—¡Mi hijo está mezclado en drogas!

—Suele pasar. Yo también fumé marihuana cuando era joven y uno pronto se cansa, como yo me cansé.

La mujer se sintió orgullosa y tranquila: su marido era un hombre con experiencia, había entrado en el mundo de la droga y conseguido salir. Un hombre con esta fuerza de voluntad era capaz de controlar cualquier situación.

Un buen día, Eduard pidió una bicicleta.

—Tienes chofer y un Mercedes Benz. ¿Para qué quieres una bicicleta?

—Para el contacto con la naturaleza. María y yo vamos a hacer un viaje de diez días —dijo-. Hay un lugar aquí cerca con inmensos depósitos de cristal y Maria asegura que transmiten muy buena energía.

La madre y el padre habían sido educados bajo el régimen comunista: los cristales eran apenas un producto mineral, que obedecía a una determinada organización de átomos y no emanaban ningún tipo de energía positiva o negativa. Investigaron y descubrieron que aquellas ideas de «vibraciones de cristales» empezaban a estar de moda.

Si su hijo hablaba sobre el tema en una fiesta oficial podía parecer ridículo a los ojos de los otros. Por primera vez el embajador reconoció que la situación estaba empezando a ser grave. Brasilia era una ciudad que vivía de rumores y pronto se sabría que Eduard estaba mezclado en supersticiones primitivas; sus rivales en la embajada podían pensar que había aprendido aquello de los padres y la diploma-cia —además de ser el arte de esperar— era también la capacidad de mantener siempre, en cualquier circunstancia, una apariencia convencional y protocolar.

—Hijo mío, esto no puede continuar así —dijo el padre—. Tengo amigos en el Ministerio de Relaciones Exteriores de Yugoslavia. Tú serás un brillante diplomático, y es preciso aprender a enfrentar al mundo.

Eduard salió de su casa y aquella noche no volvió.
Sus padres llamaron a casa de María, a los hospitales y
hasta a la morgue sin conseguir ninguna noticia. La madre
perdió la confianza en la capacidad de su marido de tratar
con la familia, aun cuando fuese un excelente negociador
con extraños.

Al día siguiente Eduard apareció, hambriento y
somnoliento. Comió y se fue a su cuarto, encendió sus
inciensos, rezó sus mantras y durmió el resto de la tarde
y de la noche. Cuando se despertó, una bicicleta nueva y
reluciente lo estaba esperando.

—Vete a ver tus cristales —dijo la madre—. Yo ya le
explicaré a tu padre.

Y así, aquella tarde de sequía y polvareda Eduard se
dirigió alegremente a casa de María. La ciudad estaba
tan bien diseñada (en opinión de los arquitectos) o tan
mal diseñada (en ópinión de Eduard) que casi no había
esquinas. Él iba por la derecha en una pista de alta
velocidad, mirando el cielo lleno de nubes que no era
lluvia, cuando sintió que subía en dirección a ese cielo a
una velocidad inmensa para inmediatamente bajar y
encontrarse en el asfalto.

¡PRAC!

'Sufrí un accidente.»

Quiso girarse porque su cara estaba pegada al asfalto,
pero notó que ya no tenía control sobre su cuerpo. Oyó
el ruido de coches que frenaban, gente que gritaba,
alguien que se aproximó e intentó tocarlo, para luego oír
un grito de «¡no lo toque! Si alguien lo toca puede quedar
inválido para el resto de la vida!».

Los segundos pasaban lentamente, y Eduard comenzó
a sentir miedo. Al contrario de sus padres, creía en Dios

y en una vida más allá de la muerte, pero aún así consideraba injusto todo aquello —morir a los diecisiete años, mirando el asfalto, en una tierra que no era la suya.

—¿Estás bien? —decía una voz.

No, no estaba bien, no conseguía moverse ni decir nada. Lo peor de todo es que no perdía la conciencia, sabia exactamente lo que estaba pasando y en lo que se había metido. ¿Por qué no se desmayaba? ¿Es que Dios no tenía piedad de él, justamente en un momento en que Lo buscaba con tanta intensidad, contra todo y contra todos?

—Ya están viniendo los médicos —susurró otra persona, tomando su mano—. No sé si puedes oírme, pero quédate tranquilo. No es nada grave.

Sí, podía oír, y le gustaría que esta persona —un hombre— continuase hablando, garantizase que no era nada grave, aun cuando ya fuese lo bastante adulto como para entender que siempre se dice eso cuando la situación es muy seria. Pensó en María, en la región donde había montañas de cristales llenos de energía positiva, mientras que Brasilia era la mayor concentración de negatividad que había conocido en sus meditaciones.

Los segundos se transformaron en minutos, las personas continuaron intentando consolarlo y, por primera vez desde que sucediera todo, empezó a sentir dolor. Un dolor agudo, que venia del centro de la cabeza y parecía irradiarse por todo el cuerpo.

—Ya han llegado —dijo el hombre que le tenía tomada la mano—. Mañana estarás andando otra vez en bicicleta.

Pero al día siguiente Eduard estaba en un hospital, con las dos piernas y un brazo enyesados, sin posibilidad de salir de allí durante los próximos treinta días, teniendo que escuchar a su madre que lloraba sin parar, su padre haciendo nerviosas llamadas telefónicas, los médicos repitiendo cada cinco minutos que las veinticuatro horas más graves ya habían pasado y no había habido ninguna lesión cerebral.

La familia telefoneó a la embajada americana, que nunca confiaba en los diagnósticos de los hospitales públicos y mantenía un servicio de urgencia sofisticadísimo, junto con una lista de médicos brasileños considerados capaces de atender a sus propios diplomáticos. De vez en cuando, en una política de buena vecindad, usaban estos servicios para otras representaciones diplomáticas.

Los americanos trajeron sus aparatos de última generación, hicieron un número diez veces mayor de pruebas y exámenes nuevos y llegaron a la conclusión que siempre llegaban: los médicos del hospital público habían evaluado correctamente y tomado las decisiones adecuadas.

Los médicos del hospital público podían ser buenos, pero los programas de la TV brasileña eran tan malos como los de cualquier otra parte del mundo, y Eduard tenía poco que hacer. Maria aparecía cada vez menos por el hospital; quizás había encontrado otro compañero para ir con ella a visitar las montañas de cristales.

Contrastando con la extraña conducta de su novia, el embajador y su mujer iban diariamente a visitarlo, pero se rehusaban a llevarle los libros en portugués que él tenía en casa, alegando que pronto serían trasladados y no había necesidad de aprender una lengua que nunca más tendría que volver a usar. Así, pues, Eduard se contentaba con conversar con otros pacientes, discutir sobre fútbol con los enfermeros y leer alguna que otra revista que le caía en las manos.

Hasta que un día, uno de los enfermeros le trajo un libro que le acababan de dar, pero que él consideraba «demasiado gordo para ser leído». Y fue en este momento que la vida de Eduard empezó a colocarlo en un camino extraño, que lo conduciría a Villete, a la ausencia de la realidad y al distanciamiento completo de las cosas que otros muchachos de su edad irían a hacer en los años subsiguientes.

El libro era sobre los visionarios que impactaron al mundo: gente que tenía su propia idea del paraíso terrestre y había dedicado su vida a compartirla con otros. Allí estaba Jesucristo, pero también estaba Darwin, con su teoría de que el hombre descendía del mono; Freud, afirmando que los sueños tenían importancia: Colón, empeñando las joyas de la reina para buscar un nuevo continente; Marx, con la idea de que todos merecían igualdad de oportunidades.

Y también santos, como Ignacio de Loyola. un vasco que durmió con todas las mujeres con quienes pudo dormir, mató a varios enemigos en numerosas batallas hasta ser herido en Pamplona y entender el universo en una cama donde convalecía; Teresa de Ávila. que quería de todas maneras encontrar el camino de Dios y sólo lo consiguió cuando sin pensar paseaba por un corredor y se paró delante de un cuadro; Antonio, un hombre cansado de la vida que llevaba, que decidió exiliarse en el desierto y pasó a convivir con demonios durante diez años, experimentando todo tipo de tentaciones; Francisco de Asís. un muchacho como él, decidido a conversar con los pajaros y a dejar atrás todo lo que sus padres habían programado para su vida.

Comenzó a leer aquella misma tarde el tal «libro

gordo» porque no tenía nada mejor para distraerse: a medianoche, una enfermera entró para preguntarle si necesitaba ayuda, ya que era el único cuarto que mantenía aun la luz encendida. Eduard la despidió con una simple señal de la mano, sin apartar los ojos del libro.

Los hombres y mujeres que conmocionaron al mundo. Hombres y mujeres comunes, como él, su padre, o la amada que sabía que estaba perdiendo, llenos de las mismas dudas e inquietudes que todos los seres humanos tenían en su vida diaria. Gente que no tenía un interés especial por la religión. Dios, expansión de la mente o una nueva conciencia hasta que un día habían decidido cambiar todo. El libro era más interesante porque contaba que, en cada una de aquellas vidas, hubo un momento mágico que los hizo partir en busca de su propia visión del Paraíso.

Gente que no dejó a sus vidas pasar en blanco y que para conseguir lo que querían habían pedido limosna o cortejado a reyes; quebrantado códigos o enfrentado la ira de los poderosos de la época; usado la diplomacia o la fuerza, pero nunca desistiendo, siempre siendo capaces de vencer cada dificultad que se presentaba como una ventaja.

Al día siguiente Eduard entregó su reloj de oro al enfermero que le había dado el libro, y le pidió que lo vendiese y comprase todos los libros que hubiera sobre el tema. Pero no había ninguno más. Intentó leer la biografía de algunos de los personajes, pero siempre describían a ese hombre o a esa mujer como si fuese un elegido, un inspirado, y no una persona común, que debía luchar como cualquier otra para afirmar lo que pensaba.

Eduard quedó tan impresionado con esa lectura que consideró seriamente la posibilidad de hacerse santo, aprovechando el accidente para cambiar el rumbo de su vida. Pero tenía las piernas rotas, no había tenido ninguna visión en el hospital, no había pasado delante de ningún cuadro que le conmoviera el alma, no tenia amigos para construir una capilla en el interior de la meseta brasileña, y los desiertos estaban muy lejos, llenos de problemas políticos. Pero, aún así, podía hacer algo: aprender a pintar, para intentar mostrar al mundo las visiones que aquellos hombres y mujeres habían tenido.

Cuando le sacaron el yeso y volvió a la embajada, rodeado de los cuidados, mimos y atenciones que un hijo de embajador recibe de los otros diplomáticos, pidió a su madre que lo inscribiera en un curso de pintura.

La madre le dijo que ya había perdido muchas clases en el Colegio Americano, y que era hora de recuperar el tiempo perdido. Eduard se negó: no tenía las menores ganas de continuar aprendiendo geografía y ciencias.

Quería ser pintor. En un momento de distracción, explicó el motivo: —Quiero pintar las visiones del Paraíso.

La madre no dijo nada, y prometió hablar con sus amigas para ver cuál era el mejor curso de pintura de la ciudad.

Cuando el embajador volvió del trabajo aquella tarde, la encontró llorando en su habitación.

—Nuestro hijo está loco —decía, mientras las lágrimas le resbalaban—. El accidente ha afectado a su cerebro.

—¡Imposible! —respondió, indignado, el embajador—. Los médicos indicados por los americanos ya lo han examinado.

La mujer le contó lo que había oído.

—Es la rebeldía normal de la juventud. Espera y verás

que todo vuelve a la normalidad.

Esta vez la espera no sirvió de nada, porque Eduard tenía prisa por comenzar a vivir. Dos días después. cansado de aguardar una decisión de las amigas de su madre, decidió matricularse en un curso de pintura. Comenzó a aprender la escala de colores y perspectiva, pero empezó también a convivir con gente que nunca hablaba de marcas de zapatillas ni de modelos de coches.

—¡Está conviviendo con artistas! —decía la madre, llorosa, al embajador.

—Deja al chico —respondía el embajador. —Se cansará pronto, como se cansó de la novia, de los cristales, de las pirámides, del incienso y de la marihuana.

Pero el tiempo pasaba, y el cuarto de Eduard se fue transformando en un atelier improvisado, con pinturas que no tenían el menor sentido para sus padres: eran círculos, combinaciones exóticas de colores, símbolos primitivos mezclados con figuras de gente en posición de rezo.

Eduard, el antiguo muchacho solitario que durante dos años en Brasilia nunca había aparecido con amigos, ahora llenaba la casa con personas extrañas, todas mal vestidas, con cabellos desgreñados, escuchando discos horribles en el máximo volumen, bebiendo y fumando sin limite, demostrando la más absoluta ignorancia de los códigos de las buenas maneras. Cierto día, la directora del Colegio Americano llamó a la embajadora para una conversación.

—Su hijo debe de estar relacionado con drogas —le dijo—. Su rendimiento escolar está por debajo de lo normal y si continúa así no podremos renovar su matrícula.

La mujer se fue directamente al despacho del embajador y le contó lo que acababa de oír.

—¡Te pasas la vida diciendo que el tiempo hará que todo vuelva a la normalidad! —gritaba, histérica—. Tu hijo drogado, loco, con algún problema cerebral gravísimo mientras tú sólo te preocupas de cócteles y reuniones sociales!

—Habla más bajo —le pidió él.

—No hablaré más bajo, nunca más en la vida, mientras tú no asumas una actitud. Este chico necesita ayuda, ¿entiendes? ¡ayuda médica! Y tienes que hacer algo.

Preocupado por que el escándalo de su mujer pudiese perjudicarlo ante sus funcionarios, y ya desconfiado de que el interés de Eduard por la pintura estuviera durando más tiempo que el esperado, el embajador (un hombre práctico, que sabía todos los procedimientos correctos) estableció una estrategia de ataque al problema.

Empezó telefoneando a su colega, el embajador americano, y le pidió la amabilidad de permitir el uso de los aparatos de examen de la Embajada. Su pedido fue aceptado.

Después buscó nuevamente a los médicos acreditados, les explicó la situación y solicitó que fuera hecha una revisión de todos los exámenes de la época. Los médicos, temerosos de que aquello pudiera acarrearles un proceso, hicieron exactamente lo que les pedía, y concluyeron que los exámenes no presentaban nada anormal... Antes de que el embajador se fuera, le exigieron que firmase un documento diciendo que, a partir de aquella fecha, eximía a la embajada americana de la responsabilidad de haber indicado sus nombres.

Enseguida el embajador fue al hospital donde Eduard estuvo internado. Habló con el director, explicó el problema del hijo y solicitó que, bajo el pretexto de un chequeo de rutina, le hiciesen un examen de sangre para detectar la presencia de drogas en el organismo del muchacho.

Así se hizo. Y ninguna droga fue encontrada.

Faltaba la tercera y última etapa de la estrategia: conversar con el propio Eduard, y averiguar qué estaba pasando. Sólo en posesión de todas las informaciones podría tomar una decisión correcta.

Padre e hijo se sentaron en el salón.

—Tienes preocupada a tu madre —dijo el embajador—. Tus notas han bajado tanto que hay riesgo de que no te renueven la matrícula.

—Mis notas en el curso de pintura han subido, papá.

—Encuentro muy gratificante tu interés por el arte, pero tienes toda tu vida por delante para hacer esto. En este momento lo importante es terminar tu curso secundario, para que puedas ingresar en la carrera diplomática.

Eduard pensó mucho antes de decir nada. Revió el accidente, el libro sobre los visionarios —que al final había resultado un pretexto para encontrar su verdadera vocación— pensó en María, de quien no había vuelto a tener noticias. Vaciló mucho, pero por fin le respondió.

—Papá, yo no quiero ser diplomático. Quiero ser pintor.

El padre ya estaba preparado para esta respuesta y sabía como bordearla.

—Serás pintor, pero antes termina tus estudios. Arreglaremos exposiciones en Belgrado, Zagreb, Ljubljana y Sarajevo. Con la influencia que tengo puedo ayudarte mucho, pero antes es preciso que termines tus estudios.

—Si hago eso sería escoger el camino más fácil, papá. Entraré en cualquier facultad, me diplomaré en algo que no me interesa pero que me dará dinero. Entonces la pintura quedará en un segundo plano y yo terminaré olvidando mi vocación. Tengo que aprender a ganar dinero con la pintura.

El embajador empezó a irritarse.

—Tienes todo, hijo mío: una familia que te quiere, casa, dinero, posición social. Pero, sabes, nuestro país está viviendo un período complicado; hay rumores de guerra civil. Podría ser que mañana yo ya no estuviera más aquí para ayudarte.

—Sabré ayudarme yo mismo, papá. Confía en mí. Un día pintaré una serie llamada «Las visiones del Paraíso». Será la historia visual de aquello que los hombres y las mujeres sintieron en sus corazones.

El embajador elogió la determinación del hijo, terminó la conversación con una sonrisa y decidió dar un mes más de plazo. Al fin y al cabo, la diplomacia es el arte de postergar las decisiones hasta que ellas se resuelvan por sí mismas.

Pasó el mes. Y Eduard continuó dedicando todo su tiempo a la pintura, a los amigos extraños y a las músicas que debían de provocar algún desequilibrio psicológico. Para agravar el cuadro había sido expulsado del colegio Americano, por discutir con la profesora sobre la existencia de santos.

En una última tentativa, ya que no era posible postergar una decisión, el embajador volvió a llamar al hijo para tener una conversación entre hombres.

—Eduard, tú ya estás en edad de asumir la responsabilidad de tu vida. Hemos aguantado todo lo posible, pero es hora de acabar con esta tontería de querer ser pintor y dar un rumbo a tu carrera.

—Papá, ser pintor es dar un rumbo a mi carrera.

—Estás ignorando nuestro amor, nuestros esfuerzos por darte una buena educación. Como tú no eras así antes, sólo puedo atribuir lo que está pasando a una consecuencia del accidente.

—Puedes estar seguro de que los quiero más que a cualquier otra persona o cosa en la vida.

El embajador carraspeó. No estaba acostumbrado a manifestaciones tan directas de cariño.

—Entonces, en nombre del amor que nos tienes, por favor, haz lo que tu madre desea. Deja por algún tiempo esta manía de la pintura, búscate amigos que pertenezcan a tu nivel social y vuelve a los estudios.

—Tú me quieres, papá. No puedes pedirme eso porque siempre me diste un buen ejemplo luchando por aquello que querías. No puedes querer que yo sea un hombre sin voluntad propia.

—Yo dije «en nombre del amor». Y nunca lo había dicho antes, hijo mío, pero te lo estoy pidiendo ahora. Por el amor que nos tienes, por el amor que nosotros te tenemos, vuelve al hogar, no simplemente en un sentido físico sino en un sentido real. Te estás engañando, huyendo de la realidad.

«Desde que naciste, nosotros alimentamos los mayores sueños de nuestras vidas. Tú eres todo para nosotros: nuestro futuro y nuestro pasado. Tus abuelos eran funcionarios públicos y yo tuve que luchar como un toro para entrar y ascender en esta carrera diplomática. Todo esto solamente para abrir un espacio para ti, para hacer las cosas más fáciles. Aún guardo la pluma con la que firmé mi primer documento como embajador; y la he guardado con todo cariño para pasártela a ti el día en que tú hagas lo mismo.

«No nos decepciones, hijo mío. Nosotros ya no viviremos mucho, queremos morir tranquilos sabiendo que tú estás bien encaminado en la vida.

«Si realmente nos amas, haz lo que te estoy pidiendo. Si no nos quieres, continúa con tu conducta actual.

Eduard pasó muchas horas mirando al cielo de Brasilia, viendo las nubes que paseaban por el azul: bellas, pero sin una gota de lluvia para derramar en la tierra seca de la meseta central brasileña. Estaba vacío como ellas.

Si continuaba con su elección, su madre terminaría consumida de sufrimiento, su padre perdería el entusiasmo por la carrera y ambos se culparían por haber fallado en la educación del hijo querido. Si desistiese de la pintura, las visiones del Paraíso nunca verían la luz del día y nada más en este mundo sería ya capaz de suscitarle entusiasmo o placer.

Miró a su alrededor, vio sus cuadros, recordó el amor y el sentido de cada pincelada y los encontró a todos mediocres. El era un fraude, estaba queriendo ser algo para lo cual nunca había sido elegido y cuyo precio sería la decepción de los padres.

Las visiones del Paraíso eran para los hombres elegidos, que aparecían en los libros como héroes y mártires de la fe en aquello en que creían. Gente que ya sabía desde la infancia que el mundo los necesitaba. Lo que estaba escrito en el libro era invención de novelista.

Durante la cena dijo a los padres que tenían razón: aquello era un sueño de juventud, y su entusiasmo por la pintura también ya había pasado. Los padres se pusieron muy contentos, la madre lloró de alegría y abrazó a su hijo; todo había vuelto a la normalidad.

Por la noche el embajador celebró secretamente su victoria abriendo una botella de champagne, que se bebió solo. Cuando fue a su habitación, su mujer, por primera vez en muchos meses, ya estaba durmiendo, tranquila.

Al día siguiente encontraron el cuarto de Eduard destruido, las pinturas destrozadas por un objeto cortante y al chico sentado en un rincón, mirando al cielo. La madre lo abrazó, le dijo cuánto lo quería, pero Eduard no respondió.

No quería saber más de amor Estaba harto de esta historia. Pensaba que podía desistir y seguir los consejos del padre pero había ido demasiado lejos en su trabajo: había atravesado el abismo que separa a un hombre de su sueño y ahora no podía regresar.

No podía ir ni hacia adelante, ni hacia atrás. Entonces, era un simple salir de escena.

Eduard aún se quedó cinco meses más en el Brasil, cuidado por especialistas, quienes diagnosticaron un tipo raro de esquizofrenia, quizás resultante del accidente de bicicleta. Entonces estalló la guerra civil en Yugoslav , el embajador fue llamado con urgencia; los problemas se acumularon demasiado como para que la familia se pudiera ocupar de él y la única salida fue dejarlo en el recién inaugurado sanatorio de Villete.

Cuando Eduard acabó de contar su historia ya era de noche y los dos temblaban de frío.

—Vamos a entrar —dijo él—. Ya están sirviendo la cena.

—Cuando era pequeña, siempre que iba a visitar a mi abuela me quedaba contemplando un cuadro que tenía en la pared de su sala. Era una mujer —Nuestra Señora, como dicen los católicos— encima del mundo, con las manos abiertas hacia la Tierra, desde donde descendían rayos.

«Lo que más me intrigaba en ese cuadro es que aquella señora estaba pisando una serpiente viva. Entonces pregunté a mi abuela: «¿No tiene miedo de la serpiente? ¿No piensa que le va a morder el pie y matarla con su veneno?».

«Mi abuela me dijo: «la serpiente trajo el Bien y el Mal a la Tierra, como dice la Biblia. Y ella controla el Bien y el Mal con su amor».

—¿Qué tiene eso que ver con mi historia?

—Cuando te conocí hace una semana, habría sido muy pronto para decir «te amo». Como seguramente no pasaré de esta noche, será también demasiado tarde para decirlo. Pero la gran locura del hombre y de la mujer es exactamente ésta: el amor.

«Tú me has contado una historia de amor. Creo que, sinceramente, tus padres querían lo mejor para ti y fue este amor que casi destruyó tu vida. Si la Señora, en el cuadro de mi abuela, estaba pisando a la serpiente, esto significaba que este amor tenía dos caras.

—Entiendo lo que dices —comentó Eduard—. Yo provoqué el electroshock porque tú me dejas confuso. No sé lo que siento, el amor ya me destruyó una vez.

—No tengas miedo. Hoy yo le había pedido al doctor Igor salir de aquí y escoger el lugar donde quería cerrar los ojos para siempre. Sin embargo, cuando te vi agarrado por los enfermeros entendí cuál era la imagen que quería estar contemplando cuando partiese de este mundo: tu rostro. Y decidí no irme.

Mientras estabas durmiendo por el efecto del electroshock yo tuve otro ataque, y pensé que había llegado mi hora. Contemplé tu rostro, intenté adivinar tu historia y me preparé para morir feliz. Pero la muerte no vino, mi corazón aguantó una vez más, quizás porque soy joven.

Él bajó la cabeza.

—No te avergüences de ser amado. No estoy pidiendo nada, sólo que me dejes quererte y tocar el piano una noche más, si es que aún tengo fuerzas para eso.

«A cambio, sólo te pido una cosa: si oyes a alguien comentar que me estoy muriendo, ve a la enfermería. Déjame realizar mi deseo.

Eduard guardó silencio durante un largo tiempo y Veronika pensó que él habría retornado a su mundo para no volver tan pronto.

Finalmente, miró a las montanas que surgían tras los muros de Villete y dijo:

—Si quieres salir, yo te llevo allá afuera. Dame sólo tiempo de recoger los abrigos y algún dinero, y enseguida nos vamos los dos.

—No durará mucho, Eduard. Tú lo sabes.

Eduard no respondió. Entró y volvió rápidamente con los abrigos.

—Durará una eternidad, Veronika. Más que todos los días y noches iguales que pasé aquí, intentando siempre olvidar las visiones del Paraíso. Casi las olvidé, pero parece que están volviendo.

¡Vámonos! Los locos hacen locuras.

Aquella noche, cuando se reunieron para cenar, los internos notaron que faltaban cuatro personas.

Zedka, que todos sabían que había sido liberada después de un largo tratamiento; Mari, que debía de haber ido al cine, como acostumbraba a hacer con frecuencia; Eduard, que quizás no estuviera aún recuperado del electroshock; al pensar en eso, todos los internos sintieron miedo y comenzaron a comer en silencio.

Finalmente, faltaba la chica de ojos verdes y cabellos castaños. Aquella que todos sabían que no llegaría viva al fin de semana.

Nadie hablaba abiertamente de muerte en Villete. Pero las ausencias se notaban, aunque todos procurasen comportarse como si nada hubiera pasado.

Un rumor empezó a correr de mesa en mesa. Algunos lloraron, porque ella estaba llena de vida y ahora debía de estar en un pequeño depósito que quedaba en la parte posterior del sanatorio. Sólo los más valientes se atrevían a pasar por allí, y aún así durante el día, con la luz iluminando todo. Había tres mesas de mármol y generalmente una de ellas estaba siempre con un nuevo cuerpo, cubierto por una sábana.

Todos sabían que esa noche Veronika estaba allí.

Los que eran realmente insanos pronto olvidaron que durante aquella semana el sanatorio había tenido un huésped más, que a veces perturbaba el sueño de todo el mundo con el piano. Algunos pocos, mientras la noticia corría, sintieron cierta tristeza, principalmente las enfermeras que habían estado con Veronika durante sus noches en la UCI; pero los funcionarios habían sido entrenados para no crear vínculos afectivos fuertes con los enfermos, ya que unos salían, otros morían y la gran mayoría iba empeorando cada vez más. La tristeza de ellos duró un poco más, pero pronto también pasó.

La gran mayoría de los internos, sin embargo, cuando se enteró de la noticia, fingió espanto y tristeza pero se sintió aliviada. Porque, una vez más, el ángel exterminador había pasado por Villete y ellos se habían salvado.

Cuando La Fraternidad se reunió después de la cena, un miembro del grupo dio el recado: Mari no había ido al cine, sino que se había ido para no volver nunca y les había dejado una nota.

Nadie pareció conceder mucha importancia al hecho: ella siempre les había parecido diferente, demasiado loca, incapaz de adaptarse a la situación ideal en que todos vivían allí.

—Mari nunca entendió lo felices que somos —dijo uno—. Tenemos amigos con afinidades comunes, seguimos una rutina, de vez en cuando salimos juntos para un programa, convidamos a conferencistas para hablar de asuntos importantes, debatimos sus ideas. Nuestra vida ha alcanzado el perfecto equilibrio, cosa que a tanta gente de allá afuera le encantaría tener.

—Sin contar el hecho de que en Villete estamos

protegidos contra el desempleo, las consecuencias de la guerra en Bosnia, los problemas económicos, la violencia —comentó otro—. hemos encontrado la armonía.

—Mari me confió una carta —dijo el que había dado la noticia, mostrando un sobre cerrado—. Me pidió que la leyese en voz alta, como si quisiera despedirse de todos nosotros.

El más viejo de todos abrió el sobre e hizo lo que Mari pedía. Quiso parar en la mitad, pero ya era demasiado tarde y llegó hasta el final.

Cuando yo aún era joven y abogada, leí cierta vez a un poeta inglés y una frase de él me impactó mucho: «sed como la fuente que se derrama y no como el tanque que siempre contiene la misma agua». Siempre pensé que él estaba equivocado: era peligroso derramarse porque podemos terminar inundando zonas donde viven personas queridas, y ahogarías con nuestro amor y nuestro entusiasmo. Entonces, procuré comportarme toda la vida como un tanque, nunca yendo más allá de los límites de mis paredes interiores.

Sucede que por alguna razón que nunca entenderé, tuve el Síndrome de Pánico. Me transformé en exactamente aquello que había luchado tanto para evitar: en una fuente que se derramó e inundó todo a mi alrededor. El resultado de eso fue mi internación en Villete.

Después de curada volví al tanque y los conocí. Les estoy agradecida por la amistad, el cariño y tantos momentos felices que me han dispensado. Vivimos juntos como peces en un acuario, felices porque alguien nos echaba comida a la hora exacta y podíamos, siempre que deseábamos, ver al mundo exterior a través del vidrio.

Pero ayer, por causa de un piano y de una mujer que ya debe de estar muerta hoy, descubrí algo muy importante: que la vida aquí dentro era exactamente igual a la vida allí afuera. Tanto allá como aquí las personas se reúnen en grupos, levantan sus muros y no dejan que nada extraño pueda perturbar sus mediocres existencias. Hacen cosas porque están acostumbradas a hacerlas, estudian asuntos inútiles, se divierten porque están obligadas a divertirse, y que el resto del mundo reviente y se arregle por si mismo. Como máximo asisten —como nosotros lo hicimos tantas veces juntos— al noticiario de la televisión, sólo para tener la seguridad de lo felices que son en un mundo lleno de problemas e injusticias.

O sea: la vida de La Fraternidad es exactamente igual a la vida de casi todo el mundo en el exterior, todos evitando saber lo que se encuentra más allá de las paredes de vidrio del acuario. Durante mucho tiempo eso fue reconfortante y útil. Pero la gente cambia, y ahora voy a la búsqueda de aventura, a pesar de tener sesenta y cinco años y las muchas limitaciones que esta edad me significa. Me voy a Bosnia: hay gente que me espera allí, aunque no me conozca y yo tampoco la conozco. Pero sé que soy útil, y que el riesgo de una aventura vale mil días de bienestar y confort.

Cuando acabó la lectura de la carta, los miembros de La Fraternidad se fueron a sus respectivos cuartos y enfermerías, diciéndose para sus adentros que ella había enloquecido definitivamente.

Eduard y Veronika escogieron el restaurante más caro de Ljubljana, pidieron los mejores platos y se embriagaron con tres botellas de vino de la cosecha del '88, una de las mejores del siglo. Durante la cena no hablaron ni una sola vez de Villete, ni en pasado ni en futuro.

—Me gustó la historia de la serpiente —decía él, volviendo a llenar su vaso por milésima vez—. Pero tu abuela era muy vieja, no sabía interpretarla.

—¡Respeta a mi abuela! —gritaba Veronika, ya borracha, haciendo que todos en el restaurante se girasen a mirarla.

—¡Un brindis por la abuela de esta chica! —dijo Eduard, levantándose—. ¡Un brindis por la abuela de esta loca que tengo delante que debe de haberse escapado de Villete!

Las personas volvieron a concentrar su atención en sus platos, fingiendo que nada de aquello estaba sucediendo.

—¡Un brindis para mi abuela! —insistió Veronika.

El dueño del restaurante se acercó a su mesa.

—Por favor compórtense, hablen bajo.

Ellos se quedaron algo más calmados por algunos instantes pero pronto volvieron a hablar alto, a decir cosas sin sentido y a actuar de manera inconveniente. El dueño del restaurante volvió otra vez a la mesa y les dijo que no se preocuparan por pagar la cuenta pero que tenían que salir de allí en ese momento.

—¡Vamos a ahorrar el dinero gastado con estos vinos carísimos! —brindó Eduard—. Es hora de salir de aquí, antes de que este hombre cambie de idea.

Pero el hombre no iba a cambiar de idea. Ya estaba

retirando la silla de Veronika en un gesto aparentemente
cortés, cuyo verdadero sentido era ayudarla a levantarse
lo más deprisa posible.

Caminaron hasta la pequeña plaza en el centro de la
ciudad. Veronika miró desde allí a su habitación del
convento y la embriaguez se pasó por un instante. Volvió
a acordarse de que estaba a punto de morir

—¡Compra más vino! —le pidió a Eduard.

Había un bar allí cerca. Eduard trajo dos botellas, los
dos se sentaron y continuaron bebiendo.

—¿Qué es lo que está equivocado en la interpretación
de mi abuela? —dijo Veronika.

Eduard estaba tan borracho que tuvo que hacer un
gran esfuerzo para acordarse de lo que había dicho en el
restaurante. Pero lo consiguió.

—Tu abuela dijo que la mujer estaba pisando aquella
serpiente porque el amor tiene que dominar al Bien y al
Mal. Es una bonita y romántica interpretación, pero no
es nada de eso: porque yo ya conocía esta imagen, ella
es una de las visiones del Paraíso que proyectaba pintar.
Yo ya me había preguntado por qué siempre retrataban a
la Virgen de esta manera.

—¿Por qué?

—Porque la Virgen, la energía femenina, es la gran
dominadora de la serpiente, que significa sabiduría. Si
te fijas en el anillo de médico del doctor Igor verás que
tiene el símbolo de los médicos: dos serpientes enrolladas
en un bastón. El amor está por encima de la sabiduría,
como la Virgen está sobre la serpiente. Para ella, todo es
Inspiración. Ella no se pone a juzgar el bien ni el mal.

—¿Sabes otra cosa? —dijo Veronika—. A la Virgen
nunca le importó lo que los otros pensaran. Imagínate,
tener que explicar a todo el mundo la historia del Espíritu

Santo. Ella no explicó nada, sólo dijo «pasó así». ¿Sabes qué deben de haber dicho los otros?

—¡Claro que lo sé! ¡Que estaba loca!

Los dos rieron. Veronika levantó el vaso.

—Felicitaciones. Debes pintar esas visiones del Paraíso, en vez de quedarte hablando.

—Empezaré por ti —respondió Eduard.

Al lado de la pequeña plaza existe una pequeña colina. Encima de la pequeña colina, existe un pequeño castillo. Veronika y Eduard subieron el camino inclinado, maldiciendo y riendo, resbalando en el hielo y quejándose del cansancio.

Al lado del castillo existe una grúa gigantesca, amarilla. Para quien va a Ljubljana por primera vez, aquella grúa da la impresión de que están reformando el castillo y que en breve será completamente restaurado. Los habitantes de Ljubljana, sin embargo, saben que la grúa lleva allí muchos años, aunque nadie sepa la verdadera razón. Veronika le contó a Eduard que cuando se pide a los niños del jardín de infantes que dibujen el castillo de Ljubljana, ellos siempre incluyen la grúa en el dibujo.

—Además, la grúa está siempre mejor conservada que el castillo.

Eduard se rió.

—Deberías de estar muerta —comentó, aún bajo el efecto del alcohol pero con cierto miedo en la voz—. Tu corazón no debería haber aguantado esta subida.

Veronika le dio un prolongado beso.

—Mira bien mi rostro —le dijo—. Guárdalo con los ojos de tu alma para que puedas reproducirlo algún día. Si quieres empieza por él, pero vuelve a pintar. Este es mi último pedido. ¿Tú crees en Dios?

—Creo.

—Entonces vas a jurar, por el Dios en el que crees, que me pintarás.

—Lo juro.

—Y que, después de pintarme, continuarás pintando.

—No sé si puedo jurar eso.

—Puedes. Y voy a decirte más: gracias por haber dado un sentido a mi vida. Yo vine a este mundo para pasar todo lo que pasé, intentar el suicidio, destruir mi corazón, encontrarte, subir a este castillo y dejar que tú grabases mi rostro en tu alma. Esta es la única razón por la cual yo vine al mundo; hacer que tu retomases el camino que interrumpiste. ¡No hagas que yo sienta que mi vida fue inútil!

—Quizás sea demasiado pronto o demasiado tarde, y sin embargo, de la misma forma que tú lo has hecho conmigo, yo quiero decir que te amo. No necesitas creerme, quizás sea una tontería, una fantasía mía.

Veronika abrazó a Eduard y pidió al Dios en quien no creía que se la llevara en aquel momento.

Cerró los ojos y sintió que él hacía lo mismo. Y el sueño vino, profundo, sin sueños. La muerte era dulce, olía a vino y acariciaba sus cabellos.

Eduard sintió que alguien le daba golpecitos en el hombro. Cuando abrió los ojos, el día comenzaba a amanecer.

—Es mejor que vayan al refugio del Ayuntamiento —

dijo el guardia—. Si continúan aquí se quedarán congelados.

En una fracción de segundo, él recordó todo lo que había pasado la noche anterior. En sus brazos había acurrucada una mujer.

—Ella... ella está muerta.

Pero la mujer se movió y abrió los ojos.

—¿Qué pasa? —preguntó Veronika

—Nada —respondió Eduard, levantándola—, O mejor, un milagro: un día más de vida.

En cuanto el doctor Igor entró en el consultorio y encendió la luz (el día continuaba amaneciendo tarde, aquel invierno estaba durando más de lo necesario) un enfermero llamó a su puerta.

«Empezó pronto hoy» se dijo.

Iba a ser un día complicado, por causa de la conversación con la chica. Se había preparado para eso durante toda la semana y la noche anterior casi no había podido dormir.

—Tengo noticias alarmantes —dijo el enfermero—. Dos de los internos han desaparecido: el hijo del embajador y la chica con problemas de corazón.

—Son todos unos incompetentes. La vigilancia de este hospital siempre dejó mucho que desear.

—Es que nadie intentó huir antes —respondió el enfermero, asustado—. No sabíamos que eso era posible.

—¡Vete! Tendré que preparar un informe para los propietarios, notificar a la policía, tomar una serie de medidas. ¡Y avisa que no me interrumpa nadie, porque esas cosas llevan horas!

El enfermero salió, pálido, sabiendo que parte de aquel gran problema terminaría cayendo sobre sus hombros, porque es así como los poderosos actúan con los más débiles. Con seguridad, estaría despedido antes de acabar el día.

El doctor Igor buscó un block y lo colocó encima de su mesa. Iba a empezar sus notas cuando cambió de idea.

Apagó la luz, se dejó estar en el escritorio precariamente iluminado por el sol que aún estaba naciendo, y sonrió. Lo había conseguido.

Dentro de poco tomaría las notas necesarias relatando la única cura conocida para el Vitriolo: la conciencia de la vida. Y diciendo cuál era el medicamento que había empleado en su primer gran experimento con los pacientes: la conciencia de la muerte.

Quizás existiesen otros medicamentos, pero el doctor Igor había decidido concentrar su tesis en el único que había tenido oportunidad de probar científicamente, gracias a una chica que había entrado —sin querer— en su destino. Llegó en un estado gravísimo, con intoxicación seria e inicio de coma. Permaneció entre la vida y la muerte casi una semana, el tiempo necesario para que él tuviera la brillante idea de su experimento.

Todo dependía sólo de una cosa: de la capacidad de la joven para sobrevivir.

Y ella lo había conseguido.

Sin ninguna consecuencia seria, ni problema

irreversible; si cuidaba su salud, podría vivir tanto o más que él.

Pero el doctor Igor era el único que sabía eso, como sabía también que los suicidas frustrados tienden a repetir su gesto más pronto o más tarde. ¿Por qué no utilizarla como cobayo para ver si conseguía eliminar el Vitriolo —o Amargura— de su organismo?

Y el doctor Igor concibió su plan.

Aplicando un fármaco conocido como Fenotal, había conseguido simular los efectos de los ataques de corazón. Durante una semana ella recibió inyecciones de la droga, y debió de haberse asustado mucho, porque tuvo tiempo de pensar en la muerte y de rever su propia vida. De esta manera, conforme a la tesis del doctor Igor («La conciencia de la muerte nos anima a vivir más seria el título del capítulo final de su trabajo) la chica pasó a eliminar el Vitriolo de su organismo, y posiblemente no repetiría el acto.

Hoy se tenía que encontrar con ella y decirle que, gracias a las inyecciones, había conseguido revertir totalmente el cuadro de los ataques cardíacos. La fuga de Veronika le había evitado la desagradable experiencia de tener que volver a mentir.

Con lo que no contaba el doctor Igor era con el efecto contagiante de una cura por envenenamiento de Vitriolo. Mucha gente en Villete había quedado asustada ante la conciencia de la muerte lenta e irreparable. Todos debían de estar pensando en lo que estaban perdiendo, lo que los llevaba a revalorar sus propias vidas.

Mari había venido a pedir el alta. Otros internos estaban pidiendo la revisión de sus casos. La situación del hijo del embajador era la más preocupante, porque él simplemente había desaparecido —seguramente intentando ayudar a Veronika en su fuga.

«Tal vez aún estén juntos», pensó.

De cualquier manera, el hijo del embajador sabía la dirección de Villete, si quisiera volver. El doctor Igor estaba demasiado entusiasmado con los resultados como para prestar atención a insignificancias.

Por algunos instantes tuvo otra duda: más pronto o más tarde, Veronika se daría cuenta de que no iba a morir del corazón. Seguramente acudiría a un especialista, quien le diría que todo en su organismo estaba perfectamente normal. En este momento ella pasaría a pensar que el médico que la cuidó en Villete era un total incompetente. Todos los hombres que osan investigar asuntos prohibidos necesitan cierto coraje y una dosis de incomprensión.

Pero, ¿y durante los muchos días que ella tendría que vivir con el miedo de la muerte inminente?

El doctor Igor ponderó largamente los argumentos y decidió: no era nada grave. Ella consideraría cada día un milagro, lo que no deja de ser verdad, tomando en cuenta todas las probabilidades de que ocurran cosas inesperadas en cada segundo de nuestra frágil existencia.

Reparó que los rayos del sol ya estaban haciéndose más fuertes, lo que significaba que los internos, a esta hora, debían de estar desayunando. En breve su antesala estaría llena, los problemas rutinarios volverían, y era mejor empezar a preparar ya las notas de su tesis.

Meticulosamente comenzó a escribir el experimento de Veronika; dejaría para más tarde los informes sobre la falta de condiciones de seguridad del edificio.

Día de Santa Bernadette, 1998.